Lore Lehmann

Lara

**Geschichten mit Anspruch auf Unvollkommenheit
aus einem Mädchenleben von 1938 bis 1958**

Books an Demand

Lehmann, Lore: Lara – Geschichten mit Anspruch
auf Unvollkommenheit aus einem Mädchenleben von
1938 – 1958

2000 Verlag Lore Lehmann, 35099 Burgwald,
Tel./Fax: 06451 / 713808

ISBN 3-8311-0110-8, 1. Auflage Juli 2000
Lektorat: Petra Rock, Erfurt
Umschlag: Petra Rock / Kerstin Sander

Für Euch!

Diese Aufzeichnungen sind meinen ungeborenen, namenlosen Kindern und meiner nicht mehr hier lebenden Tochter Britta gewidmet.

Meinen geliebten Töchtern Petra und Birgit in die Hände gegeben um zu wissen, meine Kindheit war unruhig, traurig und manchmal auch schön. Eben eine Kindheit im Krieg und danach.

Glücklich wurde ich mit Eurem Vater, bis zum heutigen Tag. Ihr seid ein Teil meines Glücks.

Meine Enkel sind das Licht, das meine Seele wärmt.

Inhalt

Kriegskind

Lara war nicht unbedingt ein Wunschkind. Eigentlich mehr ein Sylvester - Unfall.

Als es aber dann passiert war, wurde ihre Entstehung mit dem Wunsch nach einem Mädchen begründet.

Überall im Land liefen die Vorbereitungen für den Krieg. Doch es sollte ja nur ein siegreicher Blitzkrieg sein und dem deutschen Volk mehr Lebensraum geben, also kein Grund, sich Sorgen zu machen.

Somit sahen die Eltern mit Freude der Geburt ihres dritten Kindes entgegen.

Mutter Hanna erlebte die Schwangerschaft ohne Probleme, obwohl sie im Ausflugslokal „Waldlust" kellnerte. Dies bedeutete, dass die Schwangere mit riesigen Tabletts weite Wege im Biergarten zurück legen musste. Sie war eigentlich eine nicht sehr kräftige und zierliche Person und hatte diese Arbeit erhalten, nachdem es keine männlichen Ober mehr gab, da diese wegen des beginnenden Krieges zum Wehrdienst eingezogen waren.

Hanna hatte gern zugegriffen, sie konnte das Geld sehr gut gebrauchen. Im festen Glauben, dass alles gut würde und eine neue Zeit nach dem Krieg käme, hoffte sie auf eine gute Zukunft für das Mädchen. Sie sollte sich in vielen Dingen täuschen!

Zunächst aber schuftete sie täglich bei schönem Wetter im Biergarten und schleppte unverdrossen immer 10 bis 15 Ein-Liter-Biere auf einem Tablett zu den durstigen und fröhlichen Gästen an die Tische. Weder sie, noch sonst ein Mensch, machte sich Sorgen um die Zukunft. Alle wussten von dem aufziehenden Kriegsgewitter, sahen sein Wetterleuchten und fürchteten sich dennoch nicht. Der Führer im fernen Berlin hatte gute Zeiten versprochen, also konnte es so schlimm nicht werden. Er würde Unrecht bestrafen in einem kurzen Inferno und verlorenes Land zurückholen. Den Anderen in Europa sollte das eine Warnung sein und für alle Zeiten Respekt einflößen. Recht so - oder?

Auch Hanna dachte so oder so ähnlich, freute sich an ihrem kleinen Reichtum abends, wenn das Trinkgeld wieder reichlich geflossen war, strich müde und gleichzeitig glücklich das Geld in die Schürzentasche und suchte ihre zwei Söhne. Diese

8

waren sich den Nachmittag selbst überlassen und hatten mit ihren drei und sechs Jahren sehr gut allein Beschäftigung gefunden. Auch hier machte sich Hanna keine Sorgen. Nach den Spielen in Wiese und Wald waren sie schmutzig, hungrig und müde. Wie gut, dass die Wohnung gleich beim Lokal war, so waren alle sofort zu Hause. Nachdem die Kinder versorgt waren und friedlich in ihren Betten schlummerten, setzte sich Hanna an den Küchentisch und zählte noch einmal ihr Geld. Morgen würde sie den Jungen Matrosenanzüge kaufen und Babyjäckchen. Sie strich über ihren runden Bauch und lächelte, als sie daran dachte, wie oft die Leute sagten : „Was, Frau Backhaus, sie bekommen im September ein Kind? Man sieht ja gar nichts!"

Sollte es nur kommen, was sind schon drei Kinder - die Hauptsache es wird ein Mädchen!

Lara´s Geburt

Als sich Lara´s Geburt ankündigte, schickte Hanna ihre Söhne zu Verwandten in Obhut. Durch eine Nachbarin ließ sie die Hebamme rufen, ihr Mann war im Dienst. Er war Lokheizer bei der Reichsbahn und hatte darum unregelmäßige Arbeitszeitregelungen. Die Gebärende erledigte noch kleinere Hausarbeiten, um in Bewegung zu bleiben. Sie hatte Angst vor der Geburt und wusste warum. Alle Geburten vorher waren schlimm verlaufen. Sie war zu eng gebaut, wie der Arzt es nannte. Nun, sie war von zierlichem Wuchs und nicht eben sehr robust im Erdulden von Schmerzen. Ihre Mutter starb im Kindbett, so war Hanna wohl auch von der Erinnerung daran geprägt. Sie war damals gut drei Jahre alt.

Die Hebamme kam bald und sah, dass das Kind nicht richtig lag und der Geburtsvorgang ins Stocken geriet. Sie rief den Hausarzt zur Hilfe hinzu. Dieser warf nur einen kurzen Blick auf die Gebärende und fragte nach dem Radio. Der Volksempfänger stand in der Küche, also musste die Frau das Bett verlassen und sich in der Küche auf den Tisch legen. Angeblich waren hier auch die Lichtverhältnisse besser. Zunächst aber wurde das Radio angestellt und die Gebärende fand wenig Beachtung. Es war der 15. September 1938 und Hitler marschierte in Österreich, Wien oder sonstwo ein. Hanna war das ziemlich egal, aber dem Doktor nicht. Also wurde die Musik und sonstiges Gegröle laut gestellt und die Begeisterung erfasste den Arzt. Er marschierte in der kleinen Küche auf und ab und rief immer wieder etwas von der neuen Zeit. Er hob den rechten Arm in die Luft und rief: „Heil Hitler!" Die Frau auf dem Tisch wünschte sich nichts sehnlicher, als dass die Zeit sich für sie ändere und stöhnte leise. Sie wurde mit dem Hinweis, dass eine deutsche Frau sich nicht gehen ließe und tapfer dem Führer Söhne schenke, zur Ruhe und Geduld gemahnt. Tapferkeit und Mut seien die Tugenden der Zeit und ein Gespür für den Aufbruch in ein Großdeutschland. Dabei horchte er nach den Herztönen des Kindes und sagte: „Sehen sie, Frau Backhaus, ihr kleiner Sohn ist tapferer als sie, er pocht im Takt." Die so Gescholtene wollte gar keinen Sohn und hoffte weiter auf ein Mädchen. Vor allem aber wünschte sie ein Ende ihrer Not. Doch

Herr Doktor stand gebannt am Radio und sang mit. Erst als die Hebamme sehr ärgerlich reagierte und darauf verwies, dass es weder leicht sei, auf so einem kurzen Tisch von 130 cm ein Kind zu bekommen, noch dass dieses Kind lebend geboren werde, wenn er weiterhin seine Hilfe verweigere, wurde er aktiv. So zog man nach vielen Stunden - wer mag es glauben - ein Mädchen ans Licht der Welt. Es gab aber kein Lebenszeichen mehr von sich. „Baden," schrie der Doktor, „heiß und kalt." Er hielt das Kind an den Füßen in die Luft und schüttelte es. Nachdem mehrmaliges Eintauchen in kaltes und heißes Wasser nichts bewirkte, bekam das arme Würmchen ein paar Schläge auf den Po. Nichts, kein Laut! Da griff der Pflichtvergessende zur Spritze und stach zu. Der erlösende Schrei ertönte. Die Mutter weinte vor Glück und das Kind wurde in ihren Arm gelegt. Von der Wand ertönte aus dem Volksempfänger immer noch Marschmusik und Hitler war wo auch immer einmarschiert. Der Doktor bedauerte, dass er wichtige Teile von der Rede des Führers versäumt habe. Er schaute die Frau, die wieder in ihrem Bett lag und zärtlich ihr Mädchen streichelte, nicht mehr an. Er meinte nur zur Hebamme gewandt: „Mädchen sind zäh."

Das Neugeborene erhielt den Namen Lara, weil er der Mutter nach der Lektüre eines Zeitungsartikels so gut gefiel. Es handelte sich um eine Kurzgeschichte aus Norwegen von 1921. Alle Besucher der Wöchnerin fanden den Namen etwas seltsam und meinten, es müsse wenigstens noch ein Name hinzugefügt werden. Die Eltern lehnten dies ab und auch bei der Anmeldung im Standesamt blieb der Vater dabei: „Lara, nichts dahinter, nichts davor."

Bombennächte

Eigentlich hätte Lara`s Start in das Leben schön und unbeschwert sein können. Sie wohnte mit ihren Eltern, die eine durchaus harmonische Ehe führten, mitten im Wald im Nebengebäude des großen Ausflugslokal „Waldlust". Sie wuchs mit ihren zwei größeren Brüdern frei und sehr selbständig auf. Ein Jahr nach ihrer Geburt bekam sie noch einen Bruder, den sie aber zunächst nicht zur Kenntnis nahm.

Das gut drei Jahre alte Mädchen lief gern allein im weitläufigen Gelände des Ausflugslokal „Waldlust" herum und stromerte auch schon mal in den nahen Wald. Furchtlos kroch sie durch das Gebüsch, bewaldete Hänge hinauf, um immer neuen Kleinsttieren nachzujagen. Schnecken, Lurche und Frösche hielt sie unerschrocken in den Händen und sprach auf sie ein. Der große Bruder, der auf sie Acht haben sollte, band sie schon mal mit der Wäscheleine fest, wenn er selbst ungestört spielen wollte.

Doch all die unbeschwerten Kindertage hatten bald ein Ende. Die Gaststätte, in der die Mutter kellnerte, an schönen Tagen im Garten und sonst im Restaurant, wurde geschlossen und zu einem Lazarett umgewandelt. Der Krieg war spürbar nahe gekommen! Die drei bewaldeten Berge, die das Tal, in dem die „Waldlust" lag, begrenzten, erhielten Fliegerabwehrstationen. Die Gefahr, dass die Installation von Flugabwehrgeschützen sich vergrößerte, war von den Anwohnern unbestritten. Nur die Militärs sahen das anders.

Lebensmittelkarten wurden eingeführt und die Rationierung von Butter, Zucker, Mehl und aller sonstigen Güter des täglichen Bedarfs, traf die Städter hart. Besonders solche mit Kindern.

Schrecklich aber waren die Bombardierungen. Wenn Lara mit ihren Geschwistern abends ins Bett musste, wusste sie nie, ob sie nicht schon wenige Stunden später wieder aus ihren Träumen gerissen wurde. Fliegeralarm! So gegen zehn Uhr abends heulten die Sirenen und der Wettlauf mit der Zeit begann. Die Mutter war meist alleine, der Vater im Dienst. Er fuhr jetzt Munitionszüge an die Front und war oft sehr lange unterwegs.

Die ersten Flugzeuge brummten heran. Lara fing sofort an zu weinen. Dieses Geräusch bedeutete für sie die absolute Gefahr und sie begriff nicht, warum so viel Böses am Himmel flog, wo doch zu Weihnachten von dort die Engel kamen.

Die Mutter mahnte die großen Jungen, sich schneller anzuziehen als am Tag zuvor und manchmal verlor sie dabei die Nerven; denn sie musste ja die zwei Kleinen zurecht machen und in Decken hüllen. Lara ging unsicher und voller Angst an der Hand des großen Bruders schon mal zur Tür, weigerte sich dann aber, weiter zu gehen. „Angst, Angst," weinte sie. Zum Glück kam ein Nachbar, ein Soldat auf Heimaturlaub, der nahm sie auf den Arm, wickelte die Wolldecke um sie herum fester und ging mit ihr, beruhigend auf sie einredend, zum Keller. Über der Kellertreppe befand sich ein Lichtschacht. Die Flak war schon in Abwehr und Lara hörte das „Rattatatat-Rattatatat". Dann ein „Zisch", erschrocken fuhr der Soldat zusammen. Ein Granatsplitter war direkt neben dem Kind heruntergesaust! Im Keller sah man, dass die Decke zerfetzt war. Lara war unverletzt. Leichenblass legte der Nachbar das zitternde Kind auf ein Bett und murmelte: „Mein Gott, hier ist es ja schlimmer als an der Front." Er ging zu seiner schwangeren Frau, die schon auf ihn wartete und nahm sie in den Arm. Er musste am nächsten Tag wieder an die Front und wäre so gern noch mit ihr allein gewesen.

Lara war Schutz suchend in den hintersten Winkel der Betten gekrochen und ihr Bruder versuchte sie mit leisen Worten zu besänftigen. Mutter legte den Kleinsten neben sie. Der schlief so friedlich, dass man glauben konnte, alles sei gut. Doch von draußen hörte Lara den zischenden Pfeifton der abgeworfenen Brandbomben. Und immer wieder schwere Detonationen. „Das waren Bombeneinschläge", flüsterte eine Frau und alle nickten. Dieser Hinweis auf die drohende Gefahr machten das Kind nicht ruhiger.

Lara wollte so gern schlafen und nichts mehr hören, aber sie konnte nicht. Sie starrte an die Decke des aus roten Steinen gemauerten Gewölbes, das auf starken Betonpfeilern ruhte. Ehemals war hier der Bierkeller und im hinteren Teil lagerte noch immer Wein. Wenn man die Luft tief genug einatmete, roch man noch immer den süßsauren Duft des Bieres. Fässer sah das Kind an der gegenüberliegenden Wand aufgestapelt. Als sie einmal darauf klettern wollte, rügte man sie mit den Worten: „Die Fässer

sind leer und können leicht ins Rollen kommen."
Nach Klettern und Faxen machen war ihr jetzt nicht
zumute. Eher suchte sie nach Möglichkeiten sich zu
verstecken. Sie dachte an den Wald, die Bäume und
die vielen kleinen Krabbeltiere. Sie wünschte sich so
klein wie diese, sie würde unter eine Baumwurzel
kriechen und wäre dann nicht mehr in Gefahr. Doch
die Wirklichkeit holte sie ein, als ganz in der Nähe
eine Bombe einschlug und ihren Keller erbeben ließ.

- Zwei Tage später fand sie mit ihrem Vater auf
einem Streifzug durch den Wald einen Krater eben
dieser Bombe. Die Erde, Bäume und Sträucher
waren verkohlt. „Zum Glück traf diese Bombe keinen
Menschen", sagte der Vater. „Und die Tiere?" wollte
Lara wissen. „Sind tot." Vater streichelte ihr über das
Haar. -

Zu all den Bombengeräuschen kam das
unaufhörliche Brummen herannahender Flugzeuge.
Jemand überprüfte die Gasmasken und sah nach
dem Feuerlöscher. Mutter gab den Kindern heißen
Tee. Lara griff nach ihrer Hand und bat sie: „Hab
mich lieb." Sie nahm das Kind zu sich und sang leise

mit ihrer schönen Stimme: „Guten Abend, gute Nacht, von Englein bewacht..." Lara wollte glauben, was die Mutter sang und legte sich still hin. Sie schlief ein.

Mit einem scheppernden Geräusch ging die Tür aus Eisenblech auf und Lara`s Vater kam herein. Er war durch den Bombenhagel zu Fuß vom Bahnhof nach Hause gegangen. Mit zitternder Stimme berichtete er: „Der Himmel über Essen ist blutrot. In unserer Stadt brennen auch einige Häuser, besonders in Eilpe." Dort wohnte sein Bruder mit seiner Familie. Lara wurde wach und begann zu weinen. Der Vater nahm sie beschützend in den Arm und sagte ihr leise, dass sie ein kleines, dummes Mädchen sei. In diesem Moment war ihr egal, was er sagte, es war gut, dass er überhaupt da war.

Dann kam Entwarnung! Lara schlüpfte vom Schoß des Vaters und stürmte mit dem großen Bruder in die Wohnung. Sie fanden auf dem Hof weiße Zettel und der Bruder las in der Küche vor: „Hagen im Loch, wir finden dich doch!"

Die Erwachsenen sahen noch zum orangerot-gefärbten Himmel und sprachen laut über die Not der betroffenen Menschen. Im Haus unterhielten sich die

Eltern auch über den Krieg und seine Folgen. Lara hörte, wie sie den Engländer, den Franzmann und die Amis verfluchten. Waren die der Feind, das Böse am Himmel? Dann waren es wohl auch sie, die die Christbäume am Himmel aufstellten, die so gar nichts mit Weihnachten zu tun hatten. „So wollen sie uns leichter finden", sagte der Bruder. Vater half Lara ins Bett. Sie versteckte sich unter der Decke und presste ihre Puppe an sich. Sie spürte seine Hand zärtlich auf ihrem Haar, schaute ihn an. Weinte er? Ach, nein, das konnte doch nicht sein. Väter weinen nicht. Getröstet schlief sie ein.

In dieser Nacht hatte Lara einen furchtbaren Traum. Eine große Walze rollte auf sie zu. Sie wurde größer und größer. Geräuschlos, aber bedrohlich, stand sie fast über ihr. Sie nahm ihr die Luft zum Atmen. Lara umfasste ihre Zudecke, doch ließ sie gleich wieder los. Sie fühlte sich rau und hart an. Die Walze verschwand, nur um gleich einer neuen Platz zu machen. Wieder rollte diese auf sie zu und bedrohte sie. Direkt über ihr verschwand sie, um gleich einer neuen wieder Raum zu geben. Immer wieder und wieder das gleiche Bild! Lara atmete schwer und fühlte ihre Zunge im Mund dick werden und trocken.

Sie röchelte merkwürdige Laute. Die Eltern kamen herein und sahen das völlig verstörte Kind sich schweißnass im Bett winden. Sie hoben es hoch und weckten es sanft. Nachdem das Mädchen sich beruhigt hatte und es wieder in seinem Bett lag, wehrte es sich zunächst gegen den Schlaf, der sich dann aber doch ihrer bemächtigte.

Die Eltern beschlossen nach diesem Erlebnis, dass die Mutter mit den Kindern in ihre Geburtsstadt Schlitz evakuiere. Sie glaubten an eine kurze Trennung, denn der Führer versicherte immer noch den nahen Sieg.

Lara nahm aus dieser und ähnlichen Bombennächten eine nie vergehende, traumatische Angst mit in ihr gerade erst beginnendes Leben.

Angst

Lara zog mit ihrer Familie nach Schlitz, um den Gefahren der Bombennächte zu entgehen. Die Mutter war hier geboren und aufgewachsen und es gab noch Verwandte am Ort. Man wohnte zunächst bei diesen, bis das Elternhaus der Mutter hergerichtet war. Darin wohnte im unteren Bereich die zweite Frau von Hannas Vater mit ihrer geistig behinderten Tochter Käthe. Nach 2 Wochen konnte die Familie einziehen und bewohnte die oberen zwei Stockwerke. Das Haus war aus altem Fachwerk, handtuchschmal und dunkel, da die Fenster klein und viel zu wenige waren. Nach oben führte eine schmale, wackelige Stiege. Die Zimmer hatten nur wenig Mobiliar. „Der Krieg ist bald vorbei und wir sind wieder bei Papa", versicherte die Mutter. Lara war trotz Mutters Worte unglücklich in ihrer neuen Heimat.

Sie lag abends in ihrem Bett in einem schiefen Zimmer mit bei jedem Schritt bebendem Holzfußboden und wartete auf die Flieger. Angst schnürte ihr die Kehle zu. Sie war allein, die Brüder schliefen eine Treppe höher und die Mutter ging noch zu Nachbarn. Durch die Fenster fiel schattenhaftes Licht und zeichnete geisterähnliche Bilder an die Wand. Aus den halbdunklen Ecken krochen schemenhafte Figuren hervor und stellten sich um das Bett. Es knackte und wisperte über Lara`s Kopf in den Balken. Sie umfasste die Bettdecke und suchte Halt an ihr. Die Flieger kamen wie von der Mutter versprochen hier nicht, doch die Angst war trotz allem gegenwärtig. Sie schlief endlich schweißnass und mit tränenfeuchten Augen ein.

Lara träumte. Sie stand im Wald und schaute in den Himmel und sah weiße, bauschige Wölkchen vorbeiziehen. Die Wattewolken senkten sich zu ihr hernieder und legten sich auf ihr Gesicht. Und aus dem Weiß stieg ein Engel und lächelte. Doch in der Hand hatte er eine Brandbombe und diese glühte an der Spitze. Lara flehte: „Wirf sie weg, bitte, bitte!" Doch der Engel lächelte und drohte zugleich mit seiner Waffe. Das kleine Mädchen spürte eine unbeschreibliche Angst und ihr Herz klopfte zum Zerspringen. Sie weinte und der Engel lächelte immer noch, schwebte dann sanft zum Fenster. Lara schrie: „Raus, raus!" Sie versuchte aus dem Bett zu kommen, doch es gelang ihr nicht. Sie zitterte und weinte laut und der Engel blieb am Fenster mit der brennenden Bombe in der Hand und lächelte immer noch. Endlich, endlich wurde er blasser und verschwand dann gänzlich.

Lara konnte sich erst nach einiger Zeit aus dem Bann des Traumes lösen und aufstehen. Sie tastete sich stolpernd zur Stiege und schaute hinunter. Unten stand grinsend Käthe und streckte ihre dicklichen Hände nach ihr aus. Ihr unförmiger Körper war nach vorn gebeugt, das runde Gesicht rötlich verfärbt und sie lächelte mit ihren Mongolenaugen Lara an und lallte unverständliche Worte. Lara schloss die Augen und versuchte sich umzudrehen, sie wollte ins Bett zurück. Doch von unten lockte Käthe mit ihrem Lallen und Lächeln so, dass Lara halb blind die Stufen herunterwankte und dann angsterfüllt auf die unterste Diele sank - von der Idiotin zärtlich umfangen. Diese murmelte ihr sanfte Worte zu und streichelte ihr liebevoll über das Haar. Die Träumerin hörte auf zu weinen und sah erstaunt zu dem ihr so fremden Wesen auf. Sie berührten einander und versuchten wohl, sich zu erkennen. Als

Lara zu frieren begann und zitterte, brachte Käthe sie die Stiege hinauf und ins Bett. Sie hockte sich auf den Bettrand, streichelte Lara`s Hände, bis diese einschlief.

Es begann eine liebende Freundschaft.

Jahre später erfuhr Lara, dass Käthe von ihrer Mutter versteckt wurde, da sie schon mehrfach von den Behörden aufgefordert wurde, „die Person" dem Gesundheitsamt vorzustellen. Jeder wusste zu genau, zu was das führte. Käthe sollte nicht an einer Lungenentzündung in irgend einem Heim sterben. So lebte die Idiotin heimlich und doch glücklich ein verborgenes Leben. Ihre Gespielin Lara blieb ihr treu, bis sie wieder mit der Familie nach Hause zurück musste. Käthe starb 1947 mit einundzwanzig Jahren friedlich im Haus ihrer Mutter.

Lara`s Angst vor dem Haus, dem Krieg und allem Unbekannten, starb nicht. Doch sie hatte eine Trösterin gefunden.

Geheimnisse der Zeit

Lara war ein stark gefühlsbetontes Kind. Freundlich und entgegenkommend, wenn sie eine Sache oder ein Mensch interessierten, aber verschlossen, ja stur, bei innerer Ablehnung. Wonach sie Menschen und Dinge einteilte blieb unergründlich, man war vor Überraschungen nicht sicher. Es war nicht einfach mit ihr.

Zu Käthe entbrannte sie in tiefer Freundschaft, die bald in Liebe aufging. Nachdem die Mutter die neue Freundin gebadet und mit einer Lysol-Packung ihren Kopf bearbeitet hatte, durfte diese ungehindert in die oberen Räume einziehen. Lara spielte mit ihr mit ihrer Puppe. Hingebungsvoll und vorsichtig zog Käthe diese aus und an. Lara malte eifrig in ihrem Kohlenklau-Bilderbuch. Dieses wirkte mit seinen Darstellungen erzieherisch auf die Betrachter ein und mahnte zum sparsamen Verbrauch von Kohle und Licht. Die Freundin, eigentlich ihre Tante, deutete ihr, dass sie auch malen wolle. Käthe sprach kaum ein Wort. Nie hatte je einer mit ihr gesprochen, man hatte sie einfach sich selbst und ihrem verwirrten

Verstand überlassen. Sie versuchte nun den Stift zu halten und begann ihre Übung. Es klappte besser als erwartet und Lara war der Meinung, wer malen kann, kann auch sprechen. Lara-Logik nannten diese Überzeugung spöttelnd die Brüder. Lara begann jedoch ausdauernd mit den ersten Sprechübungen. Es dauerte lange, bis die Freundin Namen einigermaßen verständlich aussprach, doch der Erfolg stellte sich ein. Als Lara dann die ersten Handarbeitsstücke herstellen musste, begann auch Käthe Strümpfe zu stopfen. Mit großer Mühe und Geduld und viel Lob kam es zu annehmbaren Ergebnissen. Lara freute sich ungemein und sagte. „Sie ist doch gar nicht doof."

Viel Zeit verbrachten die beiden mit „Herzausschütten." Lara klagte all ihre Sorgen, derweil sie mit dem Kopf auf dem Schoß von Käthe lag. Die saß auf dem Boden und hörte zu, verstand aber wenig von deren Träumen, die nicht mehr so schrecklich waren und von ihrem Heimweh nach dem Vater und dem richtigen zu Hause. Sie streichelten sich zärtlich gegenseitig und flüsterten sich nur für sie bestimmte Worte ins Ohr. Sie lachten und sangen miteinander. Die Mutter schrieb an den Vater: „Lara träumt nicht mehr."

Lara kam in den Kindergarten und Käthe saß am Fenster und wartete auf ihre Rückkehr. Beide waren nicht sonderlich erbaut von der neuen Errungenschaft, fügten sich jedoch und genossen die verbliebenen Stunden in trauter Zweisamkeit.

Dann wurde die Mutter krank und musste ins Krankenhaus nach Gießen. Es galt die Kinder unterzubringen. Lara fand eine sehr liebevolle Pflegefamilie. Die Pflegemutter war sehr besorgt und verbot Lara aus dieser Sorge heraus viele Dinge, die sie in ihrer Bewegungsfreiheit einschränkten. So sollte sie nicht zu Käthe gehen. Lara wusste ja nicht, dass ein neuer Gauleiter eine Verfügung herausgegeben hatte, nach der alle Geisteskranken, von denen jemand wusste, zu melden waren. Lara war unglücklich und sprach kaum. Sie erkrankte an Masern und Lungenentzündung und lag mehrere Wochen im Bett. Ihre neue Mutter pflegte sie liebevoll, doch das Kind hatte immer Fieber und wurde nicht gesund. Blass und schwer atmend lag sie da und sprach unverständliche Worte im Fiebertraum. Man holte die Geschwister, doch Lara beachtete sie nicht. Auch dass die Mutter bald ins Schlitzer Spital verlegt wurde, munterte sie nicht auf. Eines abends setzte sich der Pflegevater an ihr Bett und gab ihr ein Stück Speck, den Lara so gern aß. Er war Landbriefträger und brachte diese Kostbarkeiten von den Bauern mit. „Na, wirst du nun bald gesund?" fragte er, als das Kind mit großem Appetit aß. „Wenn ich aufstehe, darf ich dann nach Käthe sehen?" fragte sie zurück. Ja, sie durfte.

Lara überstand die Trennung von der Mutter unbeschadet und die Pflegeeltern führten dies auf ihre Liebe zu dem Kind zurück. Es war ihnen auch in Freundlichkeit verbunden. Aber ihre Liebe galt Käthe, kaum einer verstand dies. Aber das Kind war ja immer etwas seltsam in seinen Entscheidungen.

Nach dem ersten Besuch bei ihrer geliebten Freundin ging es ihr merklich besser. In den Kindergarten wollte sie nicht. Sie ging nur hin, weil sie musste und sie wusste, dass es am Mittag wieder nach Hause ging. Einmal erzählte sie, dass alle Kinder üben mussten, Gasmasken aufzusetzen. „Kommt der Krieg auch hier her?" fragte sie ängstlich. „Er ist schon hier Kind, nur die Bomben nicht," antwortete die Pflegemutter und nahm das

Kind in den Arm. „Morgen," sagte Lara leise, „morgen muss ich in den Kindergarten. Morgen kommt der Führer." Sie wollte ihn fragen, wann endlich Schluss wäre mit dem Krieg. Doch der Führer saß in seinem Auto, fuhr durch die Straße, winkte, hielt aber nicht an und sprach somit auch nicht mit ihnen. Die Kinder winkten nur mit ihnen in die Hand gegebenen Papierfähnchen zurück. Richtig enttäuscht war Lara nicht, ihr Bruder hatte ihr schon gesagt, dass so ein Mann anderes zu tun hätte, als mit kleinen Mädchen zu sprechen.

Hin und wieder kamen abends Frauen in das Haus von Gessners, Lara`s Pflegefamilie. Sie strickten warme Socken für die Soldaten an der Front. Es wurde selbst gemachter Likör getrunken und nach einigen Gläschen vergaß man das Kind unter dem Tisch, das sich dort - zunächst geduldet - aufhielt. Man erzählte von Dingen, die Lara nicht verstand und die auch nicht für sie bestimmt waren. So hörte sie davon, dass nun alle Juden verschwunden seien. Sie hörte das Wort Konzentrationslager, und dass man es riechen könne, wenn Menschen verbrannt würden, da der Geruch süßlich sei. Lara erschrak und wagte nicht zu atmen. Eine der Frauen fragte nach Käthe und ob diese noch da sei. Die anderen zuckten die Schultern und meinten, sie wissen nichts. Merkwürdig, dachte Lara, sie wissen doch alle, dass sie noch da ist. Und wo sollte sie denn hin? Die Anwort erhielt sie diesmal sofort. „Diese Irren kommen in speziell geführte Heime," sagte eine der Frauen. „Ja," erwiderte eine andere, „aber sie sterben dort so oft an Lungenentzündung." Eine Pause entstand. Lara glaubte, ihr Herz müsse zerspringen und Tränen stiegen in ihre Augen. Der Pflegevater kam herein und sah das Kind, nahm es ärgerlich an die Hand und brachte es ins Bett. „Ich sage dir jetzt weiter nichts. Nur eines, du darfst nicht darüber sprechen, was du gehört hast," sagte er in einem sehr ernsten Ton. Lara war mal wieder allein mit ihren Sorgen und Nöten, verstand nichts und doch so viel. Morgen würde sie zu Käthe gehen und „Herzausschütten" spielen, dann ging es ihr sicher besser. Es fiel ihr noch ein, Käthe zu bitten, nicht so oft aus dem Fenster zu schauen.

Am anderen Morgen brauchte sie nicht in den Kindergarten und auch sonst nicht mehr. „Du kommst bald in die Schule," sagte Mutti-Gessner „da lohnt sich das nicht mehr." Lara half dafür in Haus und Garten und tat dies gern. So hatte man sie unter Kontrolle, ohne dass sie etwas merkte.

Am Samstagnachmittag marschierten die HJ und der BDM durch Schlitz. Es war Gautreffen der Jugendgruppen der NSDAP. Lara stand am Straßenrand und bewunderte die BDM - Uniformen. Solch ein Faltenrock würde ihr gefallen.

Als Lara in die Schule kam, hatte ihr ihre Pflegemutter einen blauen Faltenrock und eine weisse Bluse genäht. „Nun brauche ich nicht zum BDM!" rief sie vor lauter Freude. Sie mochte es nicht, sich in größeren Gruppen aufzuhalten. So stand sie auch der Schule sehr kritisch gegenüber.

Ihre Mutti war aus Gießen zurückgekehrt und lag im Spital Schlitz. Sie hatte ihr ein Körbchen aus gesammelten Hagen-Postkarten gebastelt. Darin lagen ein Apfel und zwei Stifte. Lara freute sich sehr.

Lara wurde - ohne es genau benennen zu können - immer von Ängsten beherrscht. Wenn sie abends in ihrem Bett lag, grübelte sie lange nach über Gehörtes und Erlebtes. Warum sollte sie nicht über Käthe erzählen, warum nicht von dem Treffen im Haus Gessner? Sie fühlte sich nicht mehr direkt bedroht wie in den Bombennächten, aber es lag etwas in der Luft von Verschwiegenheit und Misstrauen. Das Kind hatte immer Angst, etwas falsch zumachen und den geliebten Menschen zu schaden.

Die Pflegeeltern spürten von ihrer Angst und lehrten sie das Beten. Dem Mädchen tat es gut, zu wissen, im Himmel ist ein Vater, der sie beschützt. Einmal spielte sie mit den Freundinnen Erika und Elsbeth im Obstgarten der Familie Gundrum. Sie saßen auf einem Apfelbaum und sangen zu dritt: „So nimm denn meine Hände...". Am Zaun lehnte ein Soldat aus dem angrenzenden Lazarett. Er wischte sich über die Augen und Lara meinte, er habe geweint. Die Freundinnen wussten nicht so recht und lachten sie aus. So behielt sie es für sich, dachte aber viel darüber nach.

Lara saß gern auf einer Mauer vor dem Haus ihrer Pflegeeltern und schaute die Zinser Str. auf und ab. Die Bauern fuhren mit ihren Ochsengespannen auf die Felder und Frauen gingen schwatzend mit Körben am Arm hinterher. Manchmal kam auch eine vorbei mit einem Blech mit Kuchen vor dem Bauch, das der Bäcker backen sollte. Ab und an sah sie auch das „Rollenmännchen". Der Mann hatte keine

Beine und statt dessen ein Brett mit vier kleinen Eisenrädern unter den Beinstumpen. An den Händen hatte er Lederhandschuhe und stieß sich damit behände ab. Lara winkte ihm zu und er lachte mit seinem fast zahnlosen Mund zurück. Ihre Pflegemutter hatte ihr zugeschaut und brachte dem Mann etwas Speck heraus. Der dankte überschwänglich. „Weißt du, er ist ein armer Mensch," meinte seufzend die Gute, „er ist Invalide, aber kein Held." Lara musste wieder einmal nachdenken, wie das gemeint war und wagte nicht zu fragen.

Doch beim Abendbrot hielt sie es nicht länger aus, sie fragte mit vollem Mund: „Warum ist das Rollenmännchen kein Held, war er nicht im Krieg?" Der Pflegevater sah erstaunt zu ihr herüber und antwortete bedächtig : „Nein, er war nicht im Krieg, er hat seine Beine als kleiner Bub verloren, ein Ochsenkarren ist über ihn gefahren." „Darum ist er kein Held, aha," stellte Lara fest. Herr Gessner schüttelte den Kopf. „Du musst wissen, Kind, Helden gibt es immer, nicht nur im Krieg. Er ist bestimmt einer. Er bewirtschaftet den Hof allein, das ist jeden Tag eine neue Heldentat, liebe Lara" belehrte sie dieser liebe Mensch, der ihr so viel gutes tat. Das Mädchen war erstaunt über die lange Rede, dachte mindestens ebenso lange nach und fand dann: „Ich merk mir das mit den Helden, mein Papa ist nämlich auch einer und nicht im Krieg." Die kleine Familie lebte ihren kleinen Frieden hinter verdunkelten Fenstern und jeder versuchte für sich glücklich zu sein.

Als Lara im Bett lag, begann jedoch die Unsicherheit wieder an ihr zu nagen und ihren kleinen Frieden zu stören.

Unter der Decke

Lara war fünf Jahre alt und vielerlei Ängste plagten sie. Es gab Dinge, die sie nicht verstand und die ihr Angst machten. Der Krieg tobte im Land. Die Mutter war mit ihren Kindern vor den Bombennächten auf das Land geflohen. Der Krieg war als kurzes Intermezzo angekündigt worden. Doch daraus wurde nichts.

Nach einer fast sorglosen Zeit bei ihren Pflegeeltern kehrte Lara wieder zu ihrer Mutter in das Angsthaus zurück, in dem sich einiges verändert hatte. Der einjährige Krankenhausaufenthalt hatte den Gesundheitszustand der Mutter nicht verbessert. Sie war ohne Hilfe nicht in der Lage, sich an- und auszuziehen oder zu waschen. Das leistete der große Bruder. Er übernahm die Verantwortung für die Familie.

Lara fristete ein unauffälliges und gedrücktes Dasein. Die aus Furcht vor Zurückweisung nicht gestellten Fragen blieben unbeantwortet und sie fühlte sich unbeachtet und ungeliebt. Ihre Streifzüge durch das Land sah die Mutter nicht gern, sie machten dem

Kind aber Freude. Das Zusammensein mit Käthe, ihrer geistig behinderten Tante und Freundin streichelten ihre Seele. Sie liebten sich und tauschten Zärtlichkeiten aus, die beide so sehr benötigten.

Abends kroch die Einsamkeit jedoch wieder zu ihr ins Bett. Sie fror, selbst wenn es warm war, und sehnte sich nach mütterlicher Wärme. Die wurde ihr nicht zuteil, die Mutter konnte nicht an ihr Bett kommen, die Krankheit hinderte sie daran und sie wusste auch nichts von ihrer Traurigkeit. Als sie wieder einmal schluchzend in ihrem Bett lag, rief sie der Bruder zu sich. Arglos kroch sie unter seine Decke.

Er hatte eine große Taschenlampe, mit der man rotes und grünes Licht machen konnte und das kleine Mädchen war fasziniert. Der Junge fragte sie, ob sie noch mehr sehen wolle ? Lara nickte und so begann eine „Zeit des Erschreckens". Der Bruder fasste sie an und bat sie, ihn auch anzufassen. Sie wollte nicht, doch er bat sie hinzusehen. Sie sah sein aufgerichtetes Glied, er beleuchtete es mit der Lampe, rot und grün und sie fürchtete sich. Ekel stieg in ihr hoch. Was passierte ihr da? Sie wollte weg und blieb doch. Der Bruder lachte und nannte sie eine ganz dumme Pute. Als der andere Bruder hinzukam, kroch sie unter der Decke hervor und schlich in ihr Bett. Sie zog sich die Decke über den Kopf. Zitternd und frierend lag sie da und konnte lange nicht schlafen. Bilder schoben sich vor die geschlossenen Augenlieder und flimmerten ihr immer wieder das Bild des steifen Gliedes zu. Sie spürte, wie der Bruder sie angefasst hatte und mochte nicht zugeben, dass es ihr auch gefallen hatte. Sie schämte sich und weinte. Sie wickelte sich fest in ihre Decke und legte die Arme gerade und fest darauf. Steif und wie erfroren lag sie da. Ein unruhiger Schlaf bemächtigte sich endlich ihres Körpers.

Auch an den nächsten Abenden näherte sich der Bruder der Schwester. Lara wehrte sich und hielt doch gleichzeitig still. Wenn sie allein in ihrem Bett lag, schämte sie sich und schwor sich: "Nie, nie mehr!" Doch der Bruder wurde zu einer Dauerbedrohung und immer dreister. Sie war verwirrt und unsicher. Tagsüber von ihren Streifzügen in die Umgebung, kam sie immer später nach Hause. Sie verweigerte sich sogar der Gespielin Käthe. Endlich bat sie die Mutter, wieder unten in deren Zimmer schlafen zu dürfen. Die Mutter willigte ein.

Sie war dem Bruder entkommen, näherte sich aber keinem Menschen mehr mit Vertrauen. Lara wurde mürrisch und verschlossen. Sie fragte immer wieder nach dem Vater. „Sie hat Heimweh. Wir müssen nach Hause," sagte die Mutter. Doch es gab keine Bahnverbindung mehr und das Land lag in Schutt und Asche. Lebte der Vater noch? Es gab viele Fragen ohne Anworten.

Lara litt und hatte ihr Lachen nun gänzlich verloren.

Fragen, nichts als Fragen

Lara hatte den Umzug zur Mutter in das Angsthaus so lange als möglich hinaus gezögert. Nun musste sie zurück. Als sie in ihr altes Zimmer wollte, sagte ihr die Mutter, sie solle nun oben im Jungenzimmer schlafen, sie sei dann nicht so allein. Sie tat wie angeordnet, so war sie es gewöhnt. Ihr Gesicht zeigte deutlich an, wie wenig ihr es gefiel, umzuziehen. Irgendetwas ließ sie misstrauisch werden, machte ihr Angst. Sie konnte es nicht erklären.

Zunächst schlief sie zwar unruhig, aber ohne Angst ein. Sie hörte ihre Brüder leise kichern und sah sie mit einer Taschenlampe hantieren, versuchte aber davon keine Notiz zu nehmen. Fragen quälten sie, die sie keinem stellte, aus Furcht gescholten zu werden,. Was war das mit den Juden und dem Menschenfleisch, das süßlich roch, wenn es verbrannt wurde? Warum verstummten die Gespräche der Erwachsenen, wenn sie dazu kam? „Das ist nichts für dich," hörte sie immer nur. Seit einiger Zeit, eigentlich seit sie in das Jungenzimmer umziehen musste, ging ein Offizier bei Mutter ein und aus. Er legte seine Mütze auf die Ablage an der Tür und saß den ganzen Nachmittag bei ihr. Sie war durch ihre Rheumakrankheit fast unbeweglich und an das Haus gefesselt. Sie trug ein Korsett vom rechten Bein hinauf bis unter die Arme. Ohne dieses konnte sie nicht stehen oder ein paar Schritte laufen. Der große Bruder musste sie an- und ausziehen und waschen. Er wurde so zum Vertrauten der Mutter.

Werner war elf Jahre alt, ein schöner, blonder Junge, mit blauen Augen, so wie man ihn sich damals wünschte. Er war selbstbewusst und hochintelligent. Die Hitlerjugend war sein zweites zu Hause, wie Mutter es nannte. Er dominierte die Geschwister. Lara ging ihm aus dem Weg, wo es möglich war.

Sie frönte ihrer alten Leidenschaft und stromerte herum. Am liebsten war sie auf dem Friedhof, da war sie allein und ungestört. Schöne, große Bäume standen hier und es gab so viele Krabbeltiere wie zu Hause in der „Waldlust“. Sie kroch auf Knien hinter ihnen her und jagte Lurche zwischen den Gräbern, wenn diese sich auf den Steinen sonnten. Manche Grabstätten waren mit schönen Ziergittern umgeben. Dahinter standen oft große und reich verzierte

Gedenksteine, auf einigen saßen Engel. Diese versuchte Lara zu berühren und hangelte sich über die spitzen Zaunstangen. So zerriss auch mal ein Kleid, ein in dieser Zeit nicht wiedergutzumachender Schaden. Gern saß sie auf einer Bank, unter einer Dreiergruppe Fichten, von der aus sie das Grab der Großmutter sehen konnte. Sie träumte mit offenen Augen und erzählte sich so eben erfundene Geschichten. Sie sprach laut vor sich hin und wurde schon mal von Frauen gehört, die dort die Gräber zurecht machten. Die waren sich einig, dass dieses Kind spinnt. Lara lachte ihnen zu und schaukelte mit den Beinen, da diese den Erdboden noch nicht erreichten. Sie lehnte sich zurück und schaute in die grünen Zweige und suchte nach Wichteln und Elfen. Wenn sie lange genug hinaufschaute, lächelten ihr welche zu und sie winkte ihnen mit lachenden Augen zurück und freute sich ungemein.

Nach Hause zurückgekehrt, sah sie die Mütze auf dem Bord und sofort war die Heiterkeit verflogen. Dabei begrüßte sie Herr Steiner immer sehr freundlich, doch sie blieb auf Distanz. Sie flüchtete zu Käthe auf deren Schoß und erzählte ihr von ihren Erlebnissen. „Ich habe den Engel gestreichelt," flüsterte sie, „wenn du tot bist, bekommst du einen von mir auf dein Grab." Käthe brabbelte wie immer ihre Zärtlichkeiten in Lara`s Ohr und streichelte sie mit ihren plumpen Händen ganz sanft. Sie lächelte, als ob sie versteht. Oft schlief das Kind so ein, umfangen von vertrauender Liebe.

Quälende Fragen hatten hier keinen Raum, auch nach dem Aufwachen fühlte sich Lara geborgen und behütet.

Erst später im Bett, wenn sie so verloren da lag, kamen die Fragen und stellten sich um ihr Bett. Und täglich kamen neue dazu. Was wollte Herr Steiner bei der Mutter? Warum hörte sie nichts mehr vom Vater? Es kamen keine Briefe und kein Geld. War er tot? Stand ihr Haus noch in Hagen und warum war der Krieg noch immer nicht aus? So viele Fragen und keine Antworten. Alle sagten nur immer: „Das verstehst du noch nicht."

Kleines Glück, ganz groß - Störung inbegriffen

Wieder begann ein strahlend heller Frühlingstag und wieder zog es Lara hinaus in die Felder. An solchen Tagen war sie nicht zu bändigen. Ermahnungen, Bitten zu Hause zu helfen, wehrte sie ab und verwies auf schlechtes Wetter, bei dem man alles nachholen könne. Zu Lara`s großem Glück schloss auch noch die Schule. Sie entging den überfüllten Schulräumen mit zwei Jahrgängen in einem Raum und den fünfzig Mitschülern. Zudem war die Lehrerin „wiederaktiviert", 66 Jahre alt und sehr nervös. Doch Mutter fand, das Mädchen könne nicht nur aus der Natur lernen und beauftragte den großen Bruder mit dem Lehrauftrag, sehr zu Lara`s Ärger. Gott sei Dank wurde der Unterricht in die Abendstunden verlegt.

Heute aber war sie mal wieder mit viel List den heimischen Pflichten entronnen. Sie rannte den kleinen Berg hinab, dem Fluss zu. Sie musste an der Schule vorbei, in der jetzt ein Lazarett untergebracht war, über den Bahndamm und kam so zum Ufer der Schlitz. Singend und fröhlich von einem auf das andere Bein hüpfend, legte sie die Wegstrecke durch die mit Blumen übersäten Wiesen zurück. Auf nahen Feldern stiegen Lerchen in den blauen Himmel auf. Sie grüßte diese freundlich und versuchte, deren Jubilieren nachzumachen. Sie gab bald auf, als sie merkte, dass sie den Vögeln nicht ebenbürtig sein würde. Nahe am Ufer setzte sie sich ins Gras und sah, dass der Löwenzahn, der jetzt überreichlich blühte, ihre weißen Strümpfe gelb gefärbt hatte. Das gibt Ärger, dachte sie, es gab jetzt keine ordentlichen Waschmittel mehr. Sie zog sie aus und steckte sie in die Schürzentasche, lehnte sich zurück und schaute zur eisernen Bahnbrücke mit ihren hohen Bögen hinüber.

Ein paar Jungen machten sich darunter zu schaffen. Helle Blitze zuckten auf. „Da haben die wieder Schießpulver aus Patronen angesteckt," dachte sie und wäre gern dabei gewesen. Doch Buben duldeten bei diesen Spielen die Mädchen nicht. Sie erkannte ihre Brüder und sah nun, wie diese einen der hohen Bögen der Brücke erklommen und darüber balancierten. Lara erschrak, wenn sie abstürzten würden sie in der hier tiefen und schnellen Schlitz unweigerlich ertrinken. Sie konnten alle nicht schwimmen. Sie schob die beängstigenden Gedanken zur Seite, ließ sich ins Gras sinken und sah zum Himmel hinauf. Weisse Wattewolken zogen vorbei und bildeten immer neue Figuren, denen sie Namen und Deutungen gab. Sie träumte sich in eine Zauberwelt hinein, in der die Wirklichkeit keinen Raum hatte. Ihre Hände gruben sich in den feuchten Grasboden. Sie griffen einen Sauerampfer, den sie genüsslich an den zarten Blättern kaute. Feuchte Kühle stieg von unten den Rücken hinauf und brachte sie in die Wirklichkeit zurück.

Sie sprang auf und fühlte ihre klamme Kleidung. In diesem Zustand konnte sie nicht nach Hause kommen, das war ihr klar. Sie beschloss, noch in den Schlossgarten mit den hohen, alten Bäumen zu gehen, machte einen Bogen um die Brücke, von der sie lautes, fröhliches Rufen vernahm, und lief zum Tor des weitläufigen Schlossgartens. Der Weg zum Schloss war ihr vertraut durch frühere Spaziergänge mit ihrer Mutter. Sie hatte ihr erzählt, dass sie als junges Mädchen im Schloss als Kammerzofe gedient habe. Gros und prächtig lag das Gebäude im

Sonnenlicht. In den hohen Fenstern brachen sich die Strahlen der Sonne, die blühenden Bäume spiegelten sich darin ebenso wie die vorbeiziehenden Wolken. Menschen waren keine zu sehen oder zu hören. Im Hintergrund standen Kastanien in voller Blüte. Süßlicher Duft verbreitete sich in der warmen Frühlingsluft. Bienen summten in den Blüten. Lara tanzte herum und warf die Arme in die Luft. Sie genoss den warmen Sonnenschein. Hinter dem Schloss war ein dunkler Teich. Erste Seerosen blühten darauf. Kleine Insekten - Schlittschuhläufer - glitten über den ruhigen Wasserspiegel. Libellen glänzten mit ihren topazgrünen Leibern und bläulich durchsichtigen Flügeln im durch die Blätter schimmernden Sonnenlicht. Ein Schmetterling tanzte auf den Goldfäden der Sonne, wie auf den Seiten einer Harfe und das Mädchen wunderte sich, dass sie keine Musik hörte. „So ein schönes Bild muss doch klingen," dachte sie. Lara lehnte sich an einen Baum und schaute atemlos zu. Ihre Wangen glühten. Sie wünschte sich nur eines, es möge niemals - niemals - vergehen, dieses wunderschöne Bild. Zitronenfalter setzten sich auf die schaukelnden Wasserlilien und klappten ihre Flügel auf und zu. Lara pflückte einen Schachtelhalm gekonnt direkt am Stielknoten ab und hielt ihn ins Wasser. Dabei beugte sie sich weit vor und erkannte ihr Spiegelbild. Sie fand sich hübsch, begrüßte sich mit einem Lächeln, und warf mit einem Ruck ihre dicken Zöpfe, die nun endlich lang gewachsen waren, zurück. Der Halm glitt ins Wasser und das Mädchen trat zurück, winkte dem Gras noch einmal nach und wünschte gute Reise.

Sie spürte Holzstückchen unter ihren nackten Füßen und besann sich, dass sie ihre Schuhe auf dem ersten Rastplatz vergessen hatte. Nichts wie zurück Lara! Doch erst noch einmal zum Schloss, vielleicht war der Graf doch da? Nein, menschenleer und still stand es da und auch auf der langen Freitreppe stand keiner, der ihr zulächelte. Was eigentlich hätte sie wohl getan, wenn da plötzlich ein Mensch gestanden hätte? Lara mit schmutzigen Füßen und nassen Kleidern. Trotzdem hätte sie gern jemanden von der gräflichen Familie getroffen. Ach, die Mutter hatte der Gräfin die Schleifen gebunden und den gräflichen Kindern die Haare gebürstet! Lara`s Fantasien schlugen Purzelbäume!

Mit leichter Enttäuschung im Herzen machte sie sich auf den Weg, um ihre Schuhe zu suchen. Sie fand die Stelle am Flussufer, an der sie gesessen und geträumt hatte, aber nicht ihre Schuhe. Verstummt war das Lied auf ihren Lippen und verflogen die Freude im Herzen, die sie erneut empfunden hatte, als sie versuchte, mit dem Fluss um die Wette zu laufen. Sorgenvoll machte sie sich auf den Heimweg, überlegte sich Ausreden. Am Bahndamm saßen ihre Brüder und warteten auf den Zug, der sich bimmelnd ankündigte. Sie winkten mit Lara`s Schuhen und lachten hämisch dabei. Sie wollte sie zurück haben, doch die Jungen verweigerten sie ihr. Da erwähnte sie das Spiel mit dem Schießpulver und schon hatte sie ihre Fußbekleidung zurück.

Plötzlich erzitterte die Luft von lautem, gefährlich drohendem Motorengeräusch. Tiefflieger! Die Kinder warfen sich auf den Boden. „Rattatatat!" „Rattatatat!" Die Maschinengewehrsalven suchten den Zug. Zitternd lagen die Kinder im Gebüsch. Nach fünf Minuten war alles vorbei. Zögernd standen sie auf, noch immer zitternd unter dem Eindruck des eben Geschehenen. Weg, nichts als weg! Lara war wie gelähmt, sie konnte sich nicht rühren. Sie stand da und sperrte den Mund auf, aber sagte kein Wort. In der Hand hielt sie die Schuhe und ihr Kleid war noch immer nass, die Haare hingen zerzaust herunter. Sie war ein Bild des Jammers, sie war sich dessen bewusst. Sie sah aus dem Zug Soldaten springen, die zur Lokomotive vorliefen. Diese war beschädigt und der Lokführer völlig verstört. Der Heizer lag am Boden, tot oder verletzt, die Kinder vermochten es nicht zu sagen. Leute aus den nahen Häusern kamen aufgeregt angerannt und schickten die Kinder nach Hause. Lara starrten sie an: „Kind, ist dir etwas passiert?" „Ja - nein, der Zug, das schöne Wetter. Ich war im Schlossgarten... " stammelte die Streunerin. Die Leute griffen sich an den Kopf und ließen sie stehen. Lara lief den anderen Kindern nach und erreichte sie an der Haustür. Sie setzte sich auf die unterste Treppenstufe und überdachte das Erlebte.

Lara wünschte sich nur eines, der Krieg möge bald zu Ende sein. Ihr Wunsch erfüllte sich in weniger als vier Wochen. Doch die Zeiten wurden lange nicht besser.

Der Krieg ist aus

Es war Mai und Lara saß in der Stube und erledigte Schreibarbeiten, die ihr der große Bruder aufgegeben hatte. Emsig schrieb sie auf ihrer Schiefertafel, der Griffel kratzte fürchterlich. Mutter horchte am Radio und schaute sehr ungläubig drein, als sie ohne Emotionen sagte: „Der Führer ist tot." Lara schaute auf und versuchte zu begreifen, was das für sie bedeutete. Es fiel ihr nichts ein. „Hat ihn eine Bombe getroffen, oder Tiefflieger?" wollte sie wissen. „Sie erhielt lange keine Antwort. Aus dem Radio ließ sich wieder eine Sondermeldung vernehmen und das Mädchen hörte etwas von Kapitulation. Die Mutter hatte Tränen im Gesicht und flüsterte: „Der Krieg ist aus."

Das Kind legte den Griffel hin. Langsam, fast bedächtig, schob es die Tafel weg, rückte den Stuhl lautlos nach hinten und ging zum Fenster, als ob dort zu sehen wäre, wie der Krieg verschwindet. Zögernd ging Lara zur Mutter und wischte ihr die Tränen mit dem Schürzenzipfel ab: „Mutti, wenn der Krieg wirklich aus ist, brauchst du doch nicht weinen, dann wird doch alles gut." Die Mutter nahm sie stumm in den Arm. „Sicher," dachte sie, „aber wir sind die Besiegten." Dem Kind wollte sie aber nun keine neue Angst machen. Lara war wieder einmal enttäuscht, da sie keine Antwort auf ihre Frage erhielt. „Wie immer," dachte sie, löste sich von der Mutter und ging wieder zum Fenster.

Sie sah Menschen die Straße herunterlaufen und aufgeregt miteinander reden. Mittendrin entdeckte sie den großen Bruder, der winkte ihr zu und rief etwas, dass sie aber nicht verstand. Er kam auf das Haus zu und polterte kurz darauf die Stiege herauf. Er riss die Tür auf und rief: „Mutti, die Amerikaner kommen!" Er keuchte und stieß weiter hervor: „Wir müssen ein weißes Tuch aus dem Fenster hängen, damit sie sehen, dass wir uns ergeben. Wer das nicht tut, wird niedergebrannt." Er stürmte an den Schrank und holte einen Kissenbezug heraus und hing ihn aus dem Fenster. Lara stand mitten im Zimmer und dachte nur immer: „Sie brennen die Häuser nieder." Sie ging die Stiege hinunter und holte Käthe herauf. Sie sollte bei ihr sein, wenn es passieren sollte. Diese verstand natürlich mit ihrem wirren Verstand nichts, lächelte Lara zu und streichelte ihr Gesicht, so, wie sie es immer tat. Sie hockten sich zur Mutter auf den Boden und versuchten zu singen. Wieder ging die Tür auf und die zwei jüngeren Brüder kamen herein. Stolz hielten sie kleine Päckchen in die Luft und riefen triumphierend: „Schokolade, Kaugummi, Kekse." Die Mädchen bekamen etwas davon ab und aßen genüsslich. Sah so der Frieden aus, roch und schmeckte er nach Schokolade?

Lara wollte nun auch hinaus. Sie nahm Käthe an die Hand und stolperte mit ihr die Treppe hinunter. Sie schob einen Stuhl vor die Tür auf das Treppenpodest und deutete Käthe, sie solle sich darauf setzen. Umständlich und zögerlich ließ sie sich darauf nieder. Einen Arm legte sie auf das Podestgeländer, den anderen in den Schoß. So saß sie frei und lächelnd, immer noch unsicher, im Sonnenlicht. Die Menschen liefen aufgeregt hin und her, sahen auf die Mädchen und lächelten ihnen zu. Ein amerikanischer Soldat kam die Straße herunter, um zu sehen, ob die Häuser ein weißes Tuch im Fenster hatten. Als er Käthe sah, schien es Lara, als schaue er verächtlich auf sie. Lara streckte ihm die Zunge heraus. Der Soldat kam auf sie zu, fasste einen ihrer

Zöpfe und drohte mit dem Finger. Nun rutschte ihr das Herz doch in die Hose. Doch der Soldat lachte und griff in die Brusttasche, gab Lara ein Päckchen Kaugummi und Käthe legte er eine Tafel Schokolade in den Schoß, da diese ihre Hände fest verschränkt hielt. Lara war verwirrt, waren die Amis nun Feind oder Freund? Mutter sagte: „Sie sind die Sieger."

Es stellte sich schnell heraus, dass die Sieger nach anfänglichen Überreaktionen, freundlich und friedlich waren. Selbst die ängstliche Lara fasste Vertrauen zu den Soldaten und sang ihnen deutsche Kinderlieder vor. Als Gage bekam sie Schokolade und Kaugummi oder Lebensmittel in Dosen. Dieser Frieden offenbarte sich in leiblichen Genüssen und überdeckte damit Zukunftsängste.

Mutter rappelte sich auf und lernte vorsichtig und langsam gehen, bot ihre Dienste der Besatzungsmacht an und bügelte Uniformen und Hemden. Sie versuchte Kontakt nach Hagen zu bekommen. Dort waren die Engländer und man musste durch die französische Zone, um dort hin zu kommen. Der erste Brief kam nach endlosem Warten an. Er war von Vater - kurz und nüchtern. „In unserer Wohnung leben ausgebombte Verwandte," sagte

Mutter traurig. „Sie liegen in unseren Betten und sind sechs Personen," ergänzte der Bruder. Lara`s Herz schnürte sich zu, sie konnte nicht zurück, ihr Bett war besetzt, ihr Spielzeug verloren. Sie rannte aus dem Haus, lief die Straße entlang, direkt dem Soldaten in die Arme, den sie besonders gut leiden mochte. Tränen der Wut in den Augen brüllte sie sich ihren Zorn aus dem Leib. Der verstand zwar kein Wort, sah aber ihre Not. Er nahm sie mit in sein Zimmer, in einem von der Armee beschlagnahmten Haus, holte einen Karton unter dem Bett hervor. Er nahm einen weißen Hasen heraus mit einer roten Möhre zwischen den Pfoten und hielt ihn Lara unter die Nase. Er duftete nach Vanille, war aus Seife und glatt und weich in der Hand. Sie streichelte ihn und roch immer wieder seinen Duft. Lara sang „Häschen in der Grube ..." und drehte sich im Kreis. Sie durfte ihn behalten, war das eine Freude! „Danke, danke," jubelte sie und sprang nach Hause. Hier bekundete sie ihre feste Absicht, auf ewig zu bleiben. „So ist sie, eben wollte sie noch vor Heimweh sterben und nun verzichtet sie wegen einem Seifenhasen darauf nach Hause zu kommen," lästerte der Bruder.

55

Doch der Verlauf der Dinge liegt nicht zur Entscheidung in Kinderhand. Lara bedauerte dies sehr, doch sie hatte sich fügen gelernt. Aber es fiel ihr schwer und Protestausbrüche ihrerseits gab es immer öfter. Sie litt an diesen Attacken und war hinterher sehr erschöpft. Andererseits genoss sie das Erschrecken ihrer Familie darüber und spürte eine kleine Macht, damit Wünsche durchzusetzen. Die nächste Machtprobe stand an.

Unverhofft stand eines Tages eine junge Frau im Zimmer und Mutter sagte ihr, das sei ihre Patentante. Lara spürte eine Furcht in sich aufsteigen, die sie nicht begründen konnte, war sich aber sicher, dass es unangenehm werden würde. Ihre Freude über den Besuch hielt sich also sehr in Grenzen, im Gegensatz zu der ihrer Mutter. So sagte sie dann lächelnd beim Abendbrot, dass Tante Else aus Hagen gekommen ist um sie zu holen. „Papa hat Sehnsucht nach seiner Familie," sagte sie, „die Rückreise ist schon in ein paar Tagen." Die Kinder bekamen die Anweisung, ihre wichtigsten Dinge zusammen zu packen.

Lara blieb das Herz stehen, sie legte den Kopf auf den Tisch. Sie kämpfte mit den Tränen und der aufsteigenden Wut. Sie wurde ermahnt, sich zu benehmen. Sie schob ihren Stuhl laut scharrend nach hinten, stand auf und rannte zur Tür, die Treppe hinunter. Unten brüllte sie unzusammenhängende Worte des Zorns und machte die Tür laut knallend von außen zu. Die Tante kam ihr nach und nahm sie in den Arm. Doch Lara brüllte nur: „Ich will nicht, ich will nicht!" Sie zitterte vor Zorn und Kummer. Gleichzeitig wusste sie, es gab kein Entrinnen, sie würde diese Heimreise antreten müssen, ihre Wünsche und Vorstellungen zählten nicht. Sie packte nichts ein und konnte so im letzten Moment nur ihre Puppe und ein Bilderbuch greifen.

So sah sie dann bald ihre Heimatstadt wieder, die in Schutt und Asche lag. Auf einem Lastauto, dass in Essen Kohlen holte, kamen sie an und mit ihnen dreizehn Zentner Kartoffeln. Lara meinte, man begrüße diese herzlicher als sie. Was Wunder, die Menschen hungerten und Kartoffeln waren in dieser Zeit mehr wert als Gold. Nach der Abendmahlzeit verteilte man die Schlafplätze. Es wurde sehr eng und jeder musste zur Seite rücken in seinem Bett, um den Anderen mit unter seine Decke zu nehmen.

Lara schlief mit der gleichaltrigen Cousine Ulla zusammen in einem Kinderbett. Jeden Abend gab es einen unerbittlichen Kampf um Platz und Decke. Lara glaubte immer, diesen zu verlieren. Wiedereinmal zog sie sich den Zorn der Erwachsenen zu.

Die Mutter holte sie zu sich, wenn der Vater im Dienst war. Dann war sein Platz frei und das Kind konnte schlafen und träumen, etwas, dass sie auch am Tage gut konnte. Und im Traum quälte sie der Hunger nicht. „Mutti, weißt du noch, wie du in Schlitz, trotz des Krieges, falsches Marzipan gemacht hast? Sonntags gab es immer Kuchen und Weihnachten Plätzchen. Wir hatten niemals Hunger," weinte das Mädchen. Die Mutter nickte und streichelte sie sanft: „Gib Ruhe Kind," flüsterte sie, „die Zeiten werden wieder besser." Lara hatte ihre Zweifel. Sie dachte an ihre wenigen Habseligkeiten, die ihr gehörten und wie sie die vor Ulla schützen könne. Die sprach immer davon, man müsse in schlechten Zeiten teilen. Aber Lara mochte das in diesem Falle nun gerade nicht.

Lara's Traum

Lara hatte ein wunderschönes Bilderbuch. Sie sah es gern an und versenkte sich in diese Scheinwelt auf Papier. Häuser mit heilen Dächern, Gärten mit schönster Blumenpracht und lustige Menschen und Tiere sah man dort. Lauter Lachen und Fröhlich sein! Doch das Allerwichtigste war, auf den Tischen in den abgebildeten Räumen standen Speisen in unbeschreiblicher Fülle. Die Menschen, die zu Tische saßen, hatten schöne Kleider an und tranken aus blinkenden Gläsern Wein.

Lara fand das alles unglaublich und nahm sich vor, so wollte sie später auch leben. Ihr Buch verbarg sie vor den Geschwistern und den Notaufgenommenen, die nach einer Bombennacht kein zu Hause mehr hatten, indem sie täglich neue Verstecke suchte. Doch dann traf es sie wie ein Keulenschlag! Die Tante hatte es gefunden und mittels einer Schere zwei Bücher daraus gemacht. Nun hatte Cousine Ulla auch eines. Lara ging in den nahen Wald und weinte aus Enttäuschung und Zorn. Sie wollte fortlaufen.

So kam sie zum Buchenwald, den ihr der Vater gezeigt hatte und den sie so sehr liebte. Sie wusste, dass die Bäume etwa einhundertsechzig Jahre alt waren. Sie liebte es, sich zwischen zwei dicke Wurzeln zu legen und unter sich das Laub und Moos zu spüren.

So tat sie es auch jetzt, grub dabei ihre Hände in den Boden und fühlte die feuchte Erde. Es war ein schöner Sommertag und die Sonne stand hoch. Die Wärme fing sich im Blätterdach, Lara beruhigte sich und genoss die Stille. Doch sie hatte Hunger. Morgens hatte es nur ein Brot mit wenig Marmelade gegeben. Sie nahm sich vor nach Beeren zu suchen, doch war zu träge, aufzustehen. Darum schloss sie die Augen und begann zu träumen:

„Sie sah die Mutter mit einem Korb voll reifer Früchte. Die lockten und dufteten mit ihrer ganzen Pracht. Lara wollte danach greifen, doch da war am Korb ein Faden angebunden und an diesem rutschten die Früchte herauf zum Baum. Dort endete das Band und die Früchte hüpften an die Zweige und waren nun für Lara endgültig unerreichbar. Aber sie lockten weiter und sahen wunderschön aus im Blättergrün der Zweige. Wenn nun Wind aufkäme, vielleicht fiele dann die eine oder andere Frucht herunter. Doch nichts geschah. Blaue Pflaumen, rote Äpfel und gelbe Bananen, die sie nur von Bildern kannte, leuchteten verführerisch herunter und das Kind lächelte ihnen zu, so als wäre es satt. Doch der Hunger rumorte weiter in ihrem Bauch. Das Traumerlebnis zauberte ein Lächeln auf ihr Gesicht und sie wollte so liegen bleiben und weiterträumen, bis sie sich zu Tode geträumt hätte. Noch einmal hob Lara die Hände, um nach den Früchten zu greifen. Doch vergeblich, noch im Traum wurde ihr klar, dass sie wieder einmal verloren hatte."

Als sie wach wurde, wollte sie zunächst liegen bleiben und auf den Tod warten. Doch der Hunger trieb sie hoch. Sie lief einer Böschung zu, wo sie reichlich Himbeeren fand. Sie aß davon, wurde aber nicht wirklich satt. So ging sie dann, zögerlich und langsam, heimwärts.

Zu Hause erwartete sie wegen ihres Fortlaufens eine riesige Strafpredigt, an der sich nahezu alle Erwachsenen beteiligten.

Abends in ihrem Bett träumte sie wieder ihren Traum von den Früchten am Faden und als später die

Mutter nach ihr schaute, sah sie Tränen auf Lara`s Gesicht.

Hungerzeiten

„Wer den Krieg verloren hat, muss das spüren," sagte Vater, „auch wenn er denkt, es ist genug Not über ihn gekommen." „Der Herrenmensch lernt das Stiefellecken," fuhr er fort. Lara wusste nicht so recht, wie sie mit den Worten umgehen sollte, nickte aber zustimmend. Sie hatte Hunger, aber Mutter wusste nicht, wie sie etwas Essbares herbeischaffen sollte. Die Läden waren leer. Hamsterversuche bei den Bauern in Hessen oder im Münsterland waren erfolglos. Lara`s Eltern hatten weder Schmuck, Geschirr oder edle Wäsche zum Tausch anzubieten. Bei der Kleidung traten ebensolche Probleme auf. Lara bekam zwar einen Mantel aus einer Militärdecke genäht, auch Kleider aus blau-weißer Bettwäsche und Pullover aus aufgeribbelten Zuckersäcken, aber Schuhe waren ein unlösbares Problem. Für den Sommer nagelte der Vater Sandalen aus Holz und alten Autoreifen zusammen, oder sie lief einfach barfuß, das tat sie ohnehin lieber. Aber im Winter musste sie sich mit ihrem

Bruder ein Paar Schuhe teilen. Das bedeutete, einen Tag ging er zur Schule, den anderen sie.

In der Schule herrschte eine ähnliche Enge wie zu Hause. Lara drückte mit fünfundachtzig weiteren Kindern in einer Klasse die Schulbank. Sie weigerte sich, mit vier Kindern in einer Bank zu sitzen und zu lernen. Hin und wieder hörte sie zu, doch die meiste Zeit träumte sie zum Fenster hinaus.

Der Winter 1946 kam mit eisiger Kälte und Unmengen von Schnee über das Land. Viele Menschen verhungerten oder erfroren in den Städten. Es gab kein Brennmaterial, die Wälder waren längst abgeholzt und die Förderung von Kohle kam nur zögernd in Gang, die Transportwege waren auf die Schiene beschränkt. Wenn die Züge langsam in den Bahnhof einfuhren, sprangen die Menschen auf die Wagen und warfen die Kohlen herunter, klaubten sie zusammen und schafften sie nach Hause. Das war verboten, doch die Bahnpolizei schaute oft einen anderen Weg, ebenso wenn Vater täglich seine Tasche voll Kohlenbrocken nach der Arbeit den langen Weg nach Hause schleppte. Er ließ sie dann mit einem Seufzer der Erleichterung in den Kohlenkasten plumpsen und nahm einen

Hammer und zerschlug sie. Dann gab er Wasser darüber, damit sie nicht so große Hitze entwickelten, zum Schaden für den Ofen. Lara schaute auf seine abgearbeiteten Hände, die rissig und schwarz verfärbt waren, seine nach vorn gebeugte, untersetzte Statur und sie bewunderte und bedauerte ihn wegen seiner schweren Arbeit.

Die ganze Familie litt an der allgemeinen Unterversorgung, doch Lara war die einzige, die rebellierte. Sie wollte sich mit all den Unzulänglichkeiten nicht abfinden. So kam es zu einem ungezügelten Ausbruch bei Bekannten. Lara sollte Kartoffelschalen bei ihnen holen, die von Mutter gründlich gewaschen und durch den Fleischwolf gedreht wurden. Der große Bruder lernte in einer Apotheke und brachte Lebertran mit, darin buk Mutter Reibekuchen aus der Schalenmasse. Auf dem Weg dachte Lara ständig darüber nach, warum die Freunde die Kartoffeln aßen und sie die Schalen. Als sie ihren Eimer gefüllt zurück erhielt, zeigte sie sich nicht dankbar und wurde gerügt. Sie schaute zornig der Frau in die Augen und sagte: „Ich verstehe eben nicht, warum sie die Kartoffeln essen und wir die Schalen. Sind wir denn Karnickel?" Solch eine Unverfrorenheit eines achtjährigen Mädchens! Das hatte schmerzhafte Folgen. Als Mutter davon erfuhr, gab es ein paar saftige Ohrfeigen. Der Vater äußerte sich zurückhaltend, hatte er gar gleiche Empfindungen wie das Kind?

Lara war trotz aller Not nicht mit jedem Essen zufrieden zu stellen, im Gegensatz zu ihren Brüdern. Die Schulspeisung war ihr bis auf zwei Gerichte zuwider. Die reichlichen Schokoladentafeln zum Ferienbeginn jedoch fanden ihren ungeteilten Zuspruch.

Die ausgebombten Verwandten zogen aus, sie hatten sich eine Dachgeschosswohnung eines halbzerstörten Hauses ausgebaut. So gab es fast täglich Veränderungen. Mutter erhielt im wieder eröffneten Lokal „Waldlust" Arbeit und versuchte sich, gegen den Willen des Vaters, im Schwarzhandel. Es gab etwas mehr zu essen. Eine neue Schule wurde gebaut und auch hier gab es bald normale Verhältnisse. Lara ging nun gern in die Schule, war aber kränklich. Es stellte sich eine Lungenerkrankung heraus und sie kam zur Kur. So sehr sie sich zunächst freute, überfiel sie bald Heimweh und eine große Traurigkeit. So war sie eines der wenigen Kinder, das sich nicht erholt hatte. Als Mutter sie am Bahnsteig umarmte, stellte sie fest: „Du bist ja immer noch so dünn." Die Währungsreform hatte statt gefunden und Lara`s dreissig Mark Kopfgeld wurden geholt. Sie sah in einem Geschäft Bananen und wollte gern eine haben. Die Mutter sagte, sie seien zu teuer, doch nach einem Blick in das Gesicht des immer noch hungrigen Kindes gab sie nach. Der Biss in das Obst war für Lara enttäuschend, es schmeckte ihr nicht. Eine fast bittere Erfahrung.

Die Ehe der Eltern war nicht mehr der sichere Hafen, in den sich Lara flüchten konnte vor allen Missstimmigkeiten ihres jungen Lebens. Mutter hatte erfahren, dass der Vater in der Zeit der Trennung eine andere Frau geliebt hatte. Zudem waren ihre Krankheiten, mit denen der Vater nicht umgehen konnte, eine zusätzliche Belastung. Die Eltern hatten sich entfremdet, Mutter sagte, der Krieg sei Schuld. Sie machte Lara zu ihrer Vertrauten, ohne zu bedenken, dass das Kind dies nicht aushalten konnte. Das Mädchen liebte ihren Vater, sie dachte auch an die Zeit, als in Schlitz ab und an die Mütze des Herrn Steiner auf der Garderobenablage lag und

Mutter eben mit diesem Mann ganze Nachmittage und Abende verbracht hatte. Sie war hin und her gerissen zwischen den Eltern, suchte die Liebe von beiden und fühlte sich von der Mutter benutzt und vom Vater immer mehr abgelehnt. Sie verstand beide nicht und fühlte sich mal wieder als ausgestoßene Verliererin. Die Träume mit der Walze, die sie Nacht für Nacht erdrücken wollte, das harte, raue Bettzeug in ihrer Hilfe suchenden Hand, kamen wieder und wenn sie um Hilfe bat, wurde sie als Fantasiererin gescholten. Sie bettelte um Aufmerksamkeit und geriet immer mehr ins Abseits. Zu all dem nahm der große Bruder wieder seine zweifelhaften Liebesspiele mit ihr auf. Er sagte ihr wie hübsch sie sei und dass er sie liebe. Dabei fasste er ihr unter den Rock oder an die sich eben entwickelnde Brust. Lara wusste schon um die Verwerflichkeit der Annäherungen, wusste sich aber nicht zu wehren. Wen sollte sie ins Vertrauen ziehen? Die Eltern würden ohne zu Überlegen ihr die Schuld zuweisen. So wurde Lara aufsässig bei unpassendster Gelegenheit. Sie bekam das Prädikat einer unbeherrschbaren Randaliererin. Wenn Mutter ihr morgens die langen, krausen Haare mit einer

Drahtbürste zu bändigen versuchte, rief sie aus: „Krause Haare, krauser Sinn, mitten steckt der Teufel drin!" Lara tobte und litt unsäglich, aber keiner merkte es. Am Nachmittag lief sie in den Wald und klagte den Bäumen ihr Leid.

Die Gewohnheit, bei Ärger, Bedrückung und Kummer in den Wald zu gehen, teilte Lara mit ihrem Vater. Er wusste, warum sie an den Bäumen lehnte, ihre Stämme streichelte und mit ihnen sprach. Als er sie einmal so stehen sah, er war selbst auf Pilzsuche, ging er zu ihr hin und nahm sie in den Arm. Sie genoss diesen Augenblick und schmiegte sich eng an den Vater. „Wenn du Kummer hast, mein Mädchen," sagte er, „dann musst du darüber reden oder dich wehren." Er machte eine Pause, in die Lara hineinhorchte, sprach dann mit energischer Stimme weiter: „Das kannst du doch so gut." Mit diesen Worten schob er sie etwas von sich und schaute sie herausfordernd an: „Na, was meist du? Und hör auf mit der Heulerei," mit den rauen Fingern wischte er einige, wenige Tränen von ihrem Gesicht. „Ich will noch weiter," sagte er, „du bist schon richtig so." Und als er ihren fragenden Blick sah, setzte er hinzu: „Rebellin." Der Vater verschwand im Gebüsch, sie hörte noch eine kleine Weile das Knacken der trockenen Zweige unter seinen Füßen.

Dass ihr Bruder auf sie gewartet hatte, als sie heim kam, passte gut. Nach Vaters Worten fühlte sie sich so stark und frei. Die flüsternden Worte, die grabschenden Hände, hörte und spürte sie zum letzten Mal. „Nein," sagte sie laut und deutlich, „nein, ich will das nicht. Nie mehr, hörst du?" Als er spöttisch grinste, schlug sie zu, mitten in das erstaunte Gesicht! Sie drehte sich um und ging. Draußen atmete sie tief ein. Ich habe Nein gesagt, ich habe Nein gesagt, dachte sie. Sie war stolz auf sich und dankbar für Vaters Worte.

Der Tod des Vaters

Die Zeiten wurden immer besser, die Brüder gingen Berufen nach und verdienten ihr eigenes Geld. Die Eltern leisteten sich hin und wieder kleine Freuden des Alltags, feierten frohe Feste, blieben bescheiden, litten aber keine Not mehr. Vater ging im zivilen Anzug zum Dienst, hatte eine kleinere Aktentasche dabei und schleppte keine Kohlen mehr nach Hause. Die wurden gekauft und man ließ sie bringen.

Lara ging zur Konfirmation und sie begann ihre Lehre als Floristin. Unbedingt wollte sie diesen Beruf lernen, lief von Geschäft zu Geschäft um einen Ausbildungsplatz zu erhaschen. Sie hatte Glück, ein neu eröffnetes Geschäft suchte gerade einen Lehrling und der Inhaber war beeindruckt von Lara`s Hartnäckigkeit im Kampf um einen Ausbildungsplatz. Die Chancen für Mädchen, in einen Beruf zu kommen, waren 1953 nicht besonders günstig. Viele Eltern gaben sich, mit dem Hinweis auf die spätere Heirat, mit einem Arbeitsplatz in der Fabrik für ihre Töchter zufrieden. Lara`s Vater jedoch bestand auf einer soliden Ausbildung für sein Mädchen, im

Gegensatz zur Mutter. Es kam zu ersten Irritationen zwischen ihr und Lara. Eine Lehrerin hatte ihr bei der Schulentlassung den Satz: „Bleib dir nur selbst treu, Lara," mit auf den Weg gegeben. Sie wollte ihn beherzigen, nicht nur weil er ihr so gut gefiel.

Der Vater war stolz auf seine Tochter, er sah ein hübsches, kämpferisches Mädchen aus der kleinen, schüchternen Lara werden. Der Kontakt der beiden vertiefte sich, ja, wurde liebevoll. Lara bat den Vater darum, die Zöpfe abschneiden zu dürfen. Er liebte das schöne, lange Haar an ihr, merkte aber, dass es Zeit wurde, ihr die Freiheit der Entscheidung über ihr Aussehen zu überlassen. Er wollte es aber selbst machen, erst den richtigen Schnitt überließ er dem Fachmann. Die Zöpfe steckte er in einen Beutel und legte ihn in seine Kommode. Die Mutter lächelte darüber und meinte: „Du bedeutest ihm sehr viel."

Die Eltern fanden wieder zueinander und beschlossen den ersten Urlaub. Zwei Tage vor Antritt der Reise passierte dann das Unfassbare.

Lara hatte Abendbrot für den Vater gemacht, er wurde spät erwartet. Mutter war auf Verwandtenbesuch. Die Brüder hörten Musik und Lara wollte sich gerade mit einem Fachbuch ins Bett legen, um ungestört zu lernen. Als es an der Haustür klingelte, schauten sich die Geschwister erstaunt an. Sie kamen nicht dazu, Fragen zu stellen, denn die Besucher kamen direkt herein. Onkel Fritz, Vaters Bruder und ein fremder Mann standen im Raum, verlangten, die Musik auszumachen und fragten nach Mutter. „Kommt gleich," stammelte Lara „und Papa auch." „Nein, Kind," sagte leise der Onkel, „er kommt nicht mehr, er ist tot." „Nein nein, er hat doch morgen Urlaub, warum soll er denn tot sein?" In Lara machten sich Angst und Verzweiflung breit. Sie wusste schon, dass der Onkel nicht scherzte, wollte aber das Unfassbare nicht glauben. Ihr gerade so schön begonnenes Leben sollte schon wieder vorbei sein? Ohne Vater an ihrer Seite, unvorstellbar. Als Mutter hereinkam und die Männer sah, wusste sie sofort, was geschehen war. Mit wenigen Worten wurde ihr der Unfallhergang geschildert. Vater war von einem Zug überfahren worden. Lara versuchte die Mutter zu trösten, es gelang ihr nur wenig. Der Bruder bekam den Auftrag, sich mit dem Onkel anderntags in Verbindung zu setzen, zwecks der Formalitäten. Er hatte mal wieder die Verantwortung.

Lara weinte nicht, sie war sich der ganzen Tragweite des Geschehens nicht bewusst. Immer wieder schaute sie zur Tür und meinte, den Vater auf der Treppe husten zu hören. Die Trauerboten gingen heim und Mutter wollte ins Bett. Lara half ihr und tröstete sie immer wieder mit den Worten: „Du hast doch mich, ich bleibe immer bei dir." Es waren unsinnige Worte, in der Stunde völliger Hilflosigkeit gesprochen, doch die Mutter sollte sie später noch oft daran erinnern.

Als Lara im Bett lag, horchte sie in die Stille der Nacht hinaus. Die hohen Fichten standen wie immer still und dunkel nahe am Haus. Ein Käuzchen rief, sie hielt den Atem an, da, wieder, immer dreimal sein klagender Ruf. „Vater, bist du es?" mit dem Herzen fragte sie, ihrem Mund entschlüpfte kein Laut. Ein Frostschauer überzog ihren Körper, langsam, ganz langsam stiegen die Tränen in ihre Augen und schafften in ihr eine erlösende Ruhe. Er ist da, dachte sie, er ließ das Käuzchen rufen. „Er wird da sein, wenn ich ihn brauche," dachte sie noch, „er wird immer ein Zeichen finden."

Die nächsten Tage erlebte sie wie im Trance. Alle Wünsche der Mutter erfüllte sie so gut sie konnte, wusste aber hinterher nie, was sie gerade getan hatte. So nahm sie an der Beerdigung zwar teil, stand am offenen Grab, machte sich das Geschehen aber nicht bewusst. Zur Ruhe gekommen, merkte sie schmerzlich, wie groß der Verlust wirklich war. Mutter wollte, dass sie ihre Lehre abbricht, sie könne sich eine Ausbildung für die Tochter nicht mehr leisten. Lara war empört, wehrte sich so gut sie konnte und rief: „Das hat Papa so gewollt, er war stolz, als ich eine Lehrstelle hatte!" In diesem Moment begann Lara`s ständiger Kampf mit der Mutter, er sollte für beide immer schmerzlich, trennend, sein.

Lara brauchte Hilfe, im Stillen rief sie nach ihrem Vater. Er half durch ihren Bruder, er gab ihr Recht und verwies auf den Wunsch des Vaters. Mutter verweigerte jede Hilfe. Nun verlor sie langsam, mit dem Vertrauen, auch die Mutter.

Ein Gefühl des Verlassenseins ergriff das Mädchen und hielt sie fest. Sie war wie eine Pflanze, der man den angestammten Boden genommen hatte, die nun keine Nahrung mehr fand. Sie wusste, sie konnte keine Fragen mehr stellen, weil da keiner war, der sie ihr beantworten würde. Fragen wurden nun zu schmerzlichen Erfahrungen.

Sie nahm den Kampf auf mit den Worten: „Ich bin eine Rebellin, ich bleibe mir selbst treu."

Vater

Du bist aus dem Haus gegangen
und nicht zurück gekommen.
Ein grausames Unglück
hat Dich mir genommen
als ich Deiner sicher geworden
und bei Dir so sehr geborgen.
Das Käuzchen rief
als die Mutter schlief.
Ich bin in Dir gefangen.

So oft in meinem Leben
dachte ich an Dich.
So oft mein Tun und Streben
waren für Dich.
Im Schatten der Bäume
lag ich gefesselt in Träume.
Das Käuzchen rief
als die Mutter schlief.
Ich bin an Dir gehangen.

Berühr` mich mit Deinen Flügeln

und tröste mich.

Lass mich Deinen Windhauch spüren

dann glaube ich.

Es gibt eine Zukunft im Ende.

Verlieren, gleichwohl ich Dich fände.

Das Käuzchen rief

als die Mutter schlief.

Ich hab nach Dir Verlangen.

Die erste Liebe

Lara war fünfzehn Jahre alt und machte drei Tage Urlaub mit ihrer Mutter im Sauerland. Vor einem Jahr hatte sie ihren Vater durch einen tragischen Unfall verloren und konnte noch immer nicht mit dem Geschehen umgehen.

Im gleichen Hotel machte auch ein junger Mann ,siebzehn Jahre alt, Ferien. Er war groß, blond, mit blauen Augen. Lara verliebte sich sofort in ihn. Auch auf Gerd machte das Mädchen mit den lebendigen, braunen Augen, dem dunklen Haar und der zierlichen Figur, Eindruck. Ihre Adresse erfuhr er leicht und so schrieb er ihr nach Ferienende einen Brief, mit der Bitte um ein Wiedersehen. Lara war nicht überrascht und willigte gern ein. Es begann eine wunderbare Zeit für beide.

Sie wohnten in verschiedenen Großstädten des Ruhrgebiets. Sie kamen überein, sich zunächst alle vier Wochen mal in der einen oder der anderen Stadt zu treffen. Viele Briefe wurden geschrieben, Lara war glücklich. Sie schwebte auf rosaroten Wolken, fühlte sich leicht und beschwingt. Da war ein junger Mann, der sich in sie verliebte, war das nicht schon ein Grund, zu schweben? Aber eigene Gefühle für einen Fremden zu entdecken, in Liebe zu entbrennen, das war wie eine Revolution im eigenen Gefühlsleben. Gerd war ein selbstbewusster und ehrlicher Mensch, sehr katholisch, mit einem starken Glauben an Gott. Er ging regelmäßig in die Kirche. Auch Lara glaubte an Gott, war aber evangelisch und ging nicht so oft zur Kirche. Sie hatte bald viel Vertrauen zu Gerd, sie redeten offen und frei miteinander. Sie berührten sich kaum, auch der erste Kuss ließ lange auf sich warten. Sie hatten genug so aneinander und waren sich sicher, eine gemeinsame Zukunft zu haben. Lara`s Mutter und Gerds Eltern lernten sich kennen und waren mit der Wahl ihrer Kinder einverstanden.

Bald trafen sie sich öfter. Lara`s Glück schien unbesiegbar, gleichwohl ihr Gerd nur sehr zart seine Liebe andeutete. Sie wollte auch nicht mehr. Einmal aus Unerfahrenheit und auch weil sie Romantikerin war. Sie wollte das Besondere, das Einmalige und fand es in dieser liebevollen Freundschaft. In der Woche waren beide mit ihrer beruflichen Weiterbildung beschäftigt. Er studierte über den zweiten Bildungsweg und sie lernte Floristin.

Im zweiten Jahr ihrer Freundschaft gestanden sie sich ihre Liebe ein, schworen sich ewige Treue. Sie unternahmen schöne Wanderungen und genossen die herrlichen Umgebungen ihrer Heimat. Wenn sie da so im hellen Sonnenschein nebeneinander marschierten, fanden sich ihre Hände und sie sahen sich tief in die Augen. Lara glühte vor Liebe und war gleichzeitig gefangen in ihrer Schüchternheit. Gerd`s Frauenbild war geprägt von seinem Glauben. Er redete viel von der Stärke der Frau, die diese haben müsse, wenn der Mann schwach würde. Lara war verunsichert, sie wollte auch unberührt in die Ehe gehen, sich aber auch von ihm beschützt wissen. Sie meinte, auch ein Recht auf „Schwäche" zu haben, fühlte sich von ihm vereinnahmt, aber wehrte sich nicht. Ihr fehlte einfach der Mut. Sie ging mit ihm in seine Kirche am Sonntagabend, fühlte sich dort wohl, war beeindruckt von dem kirchlichen Geschehen. Bald merkte sie, dass er davon ausging, dass sie katholisch würde. Es war nicht so sehr seine Meinung die sie erschreckte, sondern die Selbstverständlichkeit, mit der er darüber sprach.

Lara`s drei Brüder mochten Gerd nicht. Darunter litt sie, doch sie verteidigte ihre Liebe und Gerd mutig gegen alle Angriffe. Sie entdeckte plötzlich ihre eigene Person, ihr >ich<. Überall wurde sie von Männern beherrscht und sie fragte sich, wie wohl ihr Leben verlaufen würde, wenn der strenge Vater noch leben würde. Mitten hinein in diese Entwicklung bekam sie ihren ersten Kuss. Sie war völlig überrumpelt, aber sehr, sehr glücklich, fühlte sich angenommen, bestätigt. Ihre Liebe gewann eine andere Dimension. Von nun an genoss sie ihre Gefühle für Gerd, gab sich ihnen völlig hin. Sie wurde geliebt und liebte selbst mit heißem Herzen. Gerd war zärtlich und sprach immer wieder von der gemeinsamen Zukunft. Sie waren glücklich und glaubten, wie alle Verliebten, das höre nimmer auf. Sie hatten eine wunderbare Zeit. Zärtliche Briefe flogen hin und her, voller Liebesschwüre, Versprechungen von ewiger Treue. An den Sonntagen tauschten sie Zärtlichkeiten aus, ohne das Letzte zu verlangen. Lara war unendlich glücklich, genoss es, so sehr begehrt zu werden. Ihr Herz schlug wild, ihr Blut pochte in den Schläfen. „Ich bin stark,“ dachte sie, „für ihn.“ Lara glaubte, was sie fühlte, träumte die ewige Liebe, unverbrüchlich groß.

Lara lernte eifrig und viel in dieser Zeit. Sie hatte in der Schule eine großartige Lehrerin, die ihr mit ihren Auffassungen im Glauben, den moralischen Grundlagen des Lebens, sehr viel Hilfe bot. Im Arbeitsleben stand ihr der Lehrherr zur Seite. Sie war in der glücklichen Lage, Missstände der gesellschaftlichen Moral zu erkennen, verurteilte sie, aber nicht die Menschen, wenn sie denn sich ihrer bedient hatten. Sie glaubte an das Gute im Menschen, an die Vergebung, zu der der Christ einen besonderen Auftrag hätte.

Sie lernte aber auch, der von ihr so sehr geliebte Freund war ein Spötter, ein Menschenverachter, wenn diese seinen Moralvorstellungen nicht entsprachen. Als seine Cousine ein uneheliches Kind bekam und dieses bald starb, fand er, das sei gut so, dem Kind bliebe einiges erspart. Er sagte das auch der traurigen Mutter. Lara fand keine Worte, keine Erklärung für diese Haltung. Sie entfernte sich innerlich von ihm, liebte ihn aber so sehr, dass sie ihm nicht widersprach.

Lara wurde Gesellin, mit einem sehr guten Prüfungsergebnis. Stolz und selbstbewusst suchte sie sich einen gut bezahlten Arbeitsplatz. Die ersten

Gehälter wurden in Kleidung umgesetzt, Fehlkäufe nicht ausgeschlossen. Sie nahm das Leben jetzt von der fröhlichen Seite auf, Versäumtes sollte nachgeholt werden. Sie ging tanzen, ins Kino und knüpfte Freundschaften. Sie hielt an ihrer Liebe fest, war nie untreu. Sie wollte beides, sie selbst sein und an ihrer Liebe festhalten. „Sie ist wie ein junger Hund," sagte ihre Mutter einmal zu Gerd, „sie braucht die lange Leine, um sich die kleine Welt, die ihr zu Verfügung steht, zu erobern." Gerd verstand nichts, er machte Vorwürfe und stellte Forderungen an sie, die sie mit dem erwachenden Selbstbewusstsein nicht bereit war, zu erfüllen. Lara wollte Liebe, keine Fesseln.

So endete diese, für Lara so wunderbare Liebe. Lara litt unsäglich. Sie flüchtete sich in Gebete, saß in der Kirche und meditierte. Sie fühlte sich allein gelassen, ihre Familie war froh über den Verlauf der Dinge, keiner mochte den Freund, keiner fing sie nun auf.

Ihre Brüder fanden bald, sie habe genug geweint und nahmen sie mit zu ihren Festen. Lara wurde wieder fröhlich, fühlte sich irgendwie frei, blieb aber neuen Bekanntschaften gegenüber reserviert. Sie wollte lieben, nicht verliebt ihre Zeit vertändeln. Sie liebte bald von ganzem Herzen neu, heiß, für immer.

Paul begegnete ihr, er ließ ihr jeden Freiraum, sie konnte sich selbst treu sein, sich selbst lieben, das Leben leben. Es gab etwas, dass sie bisher nicht kannte: Vertrauen!

Lara's Gotteserlebnis

Es war Sonntag. Ein Sonntag im Juli. So ein Tag wie er nie wieder kommt.

Die Sonne schien vom saphir-blauen Himmel mit unbeschreiblich strahlender Kraft und Schönheit. Die Luft atmete süße Düfte, sie atmete mit den Blumen, Bäumen und Sträuchern, die mit beginnender Reife besonders verführerisch erblühten und ein Aroma verströmten, das die Sinne berauschte. Kein Windhauch verflüchtigte diese wundersame Komposition der Schönheiten von Duft und Farbe. Sie verwirrten den Verstand und Lara war versucht, sich ganz diesem Zauber hinzugeben.

Sie hätte heute eigentlich arbeiten müssen, doch ihr Chef wusste, dass sich an solch schönen Tagen kaum ein Kunde blicken ließ. So gab er ihr frei.

So lief sie denn fröhlich und unbeschwert dem Wald zu, den sie von Kindesbeinen an kannte und der ihr vertraut war mit all seinen Lebewesen. Mit besonderer Liebe begegnete sie den Bäumen, oft umschlang sie ihre Stämme, atmete ihren Duft, spürte ihr Beben, Erzittern. Auch heute klang das

Rauschen der Blätter wie Musik in ihren Ohren. Lara lehnte sich an einen Buchenstamm, mit ihren siebzehn Jahren noch nicht Frau und auch kein Kind mehr, umschlang ihn mit den Armen so weit es seine Größe zu ließ und erzählte ihm von ihren Glücksgefühlen, die sie sich kaum erklären konnte. Er war warm, sie spürte eine Art Seelenverwandtschaft mit ihm und erfühlte eine nur für sie verständliche Übereinstimmung. Ihm und ihr ging es gut.

Lara lief weiter den Hang hinauf, einem kleinen Laubwäldchen zu, dass erst wenige Jahre alt war. Einige schnellwachsende Birken überragten sie kaum, als sie jedoch etwas weiter eindrang, wurden sie etwa acht Meter hoch. Es gab hier noch kein Unterholz. Der Boden war mit Gras und Moos bedeckt. Der Klee blühte, Aronstabgewächs und das unverwüstliche „Kräutchenrührmichnichtan" reckten sich zum Licht. Die Stille umfing sie wie ein Seidenmantel, die Sonne fiel durch das junge Laub bis auf den Boden und hüllte sie in wärmende Zärtlichkeit ein. Die aufsteigende Wärme vom Boden ließ die zarten Blätter an Baum und Strauch erzittern. Es knackte kein trockener Ast und kaum ein

Vogellaut ließ sich hören. Die Stille drang in Lara und entspannte ihre Seele. Es war, als wollte diese sich aus ihrem Körper sprengen, sich in die Lüfte schwingen, dem Licht zu. Sie kniete nieder und faltete die Hände zum Gebet, aber es formten sich keine Worte. Sie war ergriffen vom Zauber um sie herum. Sie zitterte. Das Licht der Sonne zu spüren, die Strahlen wie Goldbänder durch das Laub dringen zu sehen, berührte sie auf eine ganz besondere Art. Sie würde das alles nie erklären können, wusste sie. Aber es war da. Eine große Liebe war in ihr und sie wusste nicht zu wem, ein unbeschreibliches Glücksgefühl durchdrang sie, sie war jedoch nicht in der Lage zu singen und zu jubilieren, damit die Spannung ihrer Seele nach ließe. Ein Beben erfasste sie. Doch wieder kam kein Laut über ihre Lippen. Da war Niemand, der über sie hätte lachen können, dieses Fleckchen Erde kannte nur sie. Kein Weg führte hier her. Warum nur war sie so stumm? Sie konnte nicht denken, nur fühlen. Dieses Gefühl war so unbeschreiblich stark und nahm sie mit aller Erhabenheit der Natur gefangen. Ja, da war eine Macht, ein Wesen, die sich ihr im Lichtzauber offenbarte, ihr ihre Allmacht zeigte. Diese Wärme, die sie spürte und beglückte auf eine Weise wie sonst nichts auf dieser Welt! Sie wusste, das wird ihr nie wieder auf dieser Erde geschehen. Nie mehr wird ein Tag so sein wie dieser.

An diesem Tag aber ließ sie sich in alle Tiefen ihrer Gefühle fallen. Da war nichts mehr, nur dieses wunderbare Erleben von Lichtwärme und seltsamer Berührtheit. Wie lang kniete sie auf dem Boden? Ihre Hände ertasteten die Erde, das feuchte Moos lag warm und anschmiegsam in ihrer Handmulde. Neue Reize taten sich ihr auf. Da war alles beisammen und nichts wirklich. Sie schaute ins Licht, wollte wissen was da geschah. Doch auf die großen Geheimnisse gibt es keine Antwort.

So überließ sie sich dem Geschehen und erlag ihren Empfindungen des besonderen Erlebens. Ein leiser Windhauch berührte ihre Arme und legte sich auf das Gesicht. Die ersten, starken Gefühle wichen einer Erkenntnis: Gott war hier, hatte ihre Seele angerührt, sie spüren lassen, so ein Erleben schenkt er nicht allen Menschen, alle Tage. Sie fühlte sich auserwählt und doch so klein.

Ihr Herz war offen und ihre Seele bereit. Doch der Zauber verflog. Irgendwann sprach sie ein Gebet.

Noch gefangen in ihren Gefühlen lief sie langsam heim. Wem sollte sie davon erzählen? Mutter? Gerd ihrem Freund, der heute nicht kommen wollte? Nein, das bewahrt man in sich auf und redet nicht darüber, wusste sie.

Lara brach unterwegs ein paar Zweige ab, um sie der Mutter zu geben.

Zu Hause warteten Mutter und Gerd auf sie, er hatte sich vom schönen Wetter verleiten lassen und war doch noch gekommen. Er fand sie sehr verändert und meinte, sie habe wohl einen anderen Mann getroffen. Lara schwieg und behielt ihr Gotteserlebnis für sich.

Bis zum heutigen Tag.

Frau Uta B.

Lara war damit beschäftigt, die Grünpflanzen im Laden zu pflegen, als eine Kundin den Laden betrat. Sie fragte sofort nach dem Chef und Lara holte ihn bereitwillig, denn sie bediente recht ungern und war auch noch sehr unsicher, da sie im ersten Lehrjahr nur Pflegearbeiten, Blumen austragen und putzen durfte.

Lächelnd und jovial grüßend kam Herr Düllmann aus der Bindestube und schaute die Kundin fragend an. Diese stellte sich als Uta B. vor und sagte, ihr Mann sei der Architekt B. Sie wären in eine neue Wohnung gezogen und brauchten einige Grün- pflanzen und seinen fachmännischen Rat dazu. Er witterte ein gutes Geschäft und legte sich so richtig ins Zeug. Sie wurden sich einig über einen Termin zur Beratung an Ort und Stelle und eine gute Geschäftsbeziehung begann.

Lara musste nun oft zur Uta B. in die Wohnung fahren und Blumen und Topfpflanzen ausliefern. Uta B. war eine schöne Frau, etwa dreissig Jahre alt, blond, blauäugig, groß und schlank. Sie hatte zwei kleine Kinder, mit denen sie liebevoll umging. Auch sonst war sie immer freundlich und nicht so von oben herab. Andere, die sich so kurz nach dem Krieg schon nach oben gestrampelt hatten, ließen ein kleines Blumenmädchen spüren, wie gering es ihnen erschien. So teilten sich denn Herr Düllmann und sein Lehrling die Bewunderung für ihre neue, großzügige Kundin.

Eines Tages hatte sich der Chef kundig gemacht und einiges über den Architekten B. erfahren. Er erzählte seiner Frau davon und Lara erfuhr es so auch. Dieser Mann sei ein zweifelsohne begabter Mann, aber ein echter Hallodri. Seine Frau würde er regelmäßig mit seiner Sekretärin betrügen. Übrigens sei diese selbst einmal seine rechte Hand gewesen. Nun habe er sie als Mutter seiner Kinder deponiert und für alle Fälle parat. Lara war erschrocken, dass so einer netten und schönen Frau so etwas passierte. Als sie wieder einmal Blumen dorthin brachte sah sie, dass Frau B. schwanger war. Verwirrt und gleichzeitig aufgebracht kam sie in den Laden zurück und erzählte, was sie gesehen hatte. Der Chef zuckte mit den Schultern und teilte Lara`s

Empörung nicht. Nach einiger Zeit hörte man nichts mehr von Uta B. und auch die letzten Rechnungen wurden nicht bezahlt. Der Chef schrieb Mahnungen und versuchte anzurufen. Doch alles blieb erfolglos. Eines Tages fuhr ein dunkler Mercedes vor und ein gut aussehender Mann betrat den Laden. Er stellte sich als Hermann B. vor und wolle die Schulden seiner Frau bezahlen. Herr Düllmann war froh, sein Geld zu bekommen und erkundigte sich beflissen nach dem Wohlergehen der lieben Gattin. Ziemlich arrogant meinte Herr B. es ginge ihr sicher gut, doch er wolle sich von ihr trennen. Sie habe ihm jetzt noch Zwillinge ins Nest gelegt und glaube wohl, für alle Zeiten ausgesorgt zu haben. Doch er habe einen guten Anwalt und ließe sich nicht reinlegen. Dann verließ er den Laden ohne Gruß. Draußen im Auto saß eine schöne, junge Frau und lächelte ihn an. „Das neue Gespusi," sagte Herr Düllmann.
Lara war erschüttert, in ihren Grundfesten erschüttert!

Nachbetrachtungen

Die niedergeschriebenen Geschichten sind aus dem Leben gerissen. Sie sind wie kleine Schnipsel einer zerrissenen Zeitung, die man in Wut, Traurigkeit, Wehmut, dem unkontrollierten Spiel der Hände überließ.

Als Lara geboren wurde, war sie nicht nur dabei, sie hat die Erinnerung daran, so unglaublich das auch klingt, nie wirklich vergessen. Die Erzählungen der Mutter halfen zwar, diese wach zu halten, blieben aber nur die Krücken, an denen die eigenen Bilder Halt fanden, quasi der Rahmen. Lara lernte früh, sich meditativ zu versenken, sich Dinge einzugraben und sie bei Bedarf auszuheben, wie aus einem tiefen Schacht des Dunkels in das Licht des Neuerwachens. Der Vater nannte sie: meine Spökenkiekerin. Ihre Fähigkeit, ein zweites Leben zu führen, sich in ein anderes Dasein zu versetzen und dies gleichzeitig als Wirklichkeit zu erleben, half ihr, die Dinge um sie herum, so unangenehm wie sie waren, zunächst gut aufzunehmen. Die Mutter nannte sie kaltherzig, andere meinten, sie lässt nichts an sich heran. Dabei litt Lara wie jeder Mensch leidet, dem Notsituationen aufgezwungen werden. Sie begriff nie, wie die Menschen den Krieg hinnehmen konnten als sei er ein Unwetter. Da sie aber nie Antworten auf ihre Fragen bekam, vergrub sie sich in heftiges Nachdenken und wartete darauf, groß zu werden. Sie würde schon alles ändern und besser machen.

Noch mehr Probleme hatte sie mit der Judenfrage. Einmal fragte sie jemand, ob sie jüdisch sei, sie schüttelte den Kopf und ging weg. Auf ihr Nachfragen zu Hause sagte man ihr, sie sähe eben so aus und ihr Name sei nicht gerade arisch. Wieder ließ man sie mit dieser spärlichen Auskunft stehen. Als sie heftig wurde und nachhaltigere Auskunft geradezu verlangte, beschied man ihr, dazu sei sie zu klein und zu dumm. Etwas später belauschte sie ein Gespräch von Frauen, in dem eine von einer Reise berichtete, auf der sie an einem KZ vorbeigekommen sei und dort habe es ab und an süßlich gerochen, immer wenn Juden vergast worden seien. Lara geriet in Panik, fragte die Mutter, wurde weggeschickt, mit Ausreden und Verschwiegenheitsschwur, stürzte in Abgründe von

Fragen und Ängsten und vergrub sich in ihrer Scheinwelt. Sie glaubte jetzt sicher, jüdisch zu sein, glaubte dies so sehr, dass sie es auch später, als Heranwachsende noch für möglich hielt. Bei einem späteren Besuch der Gedenkstätte Bergen-Belsen musste sie, weinend und von Brechreiz geplagt, die Ausstellungshalle verlassen.

Sollte man durch die Geschichten den Eindruck gewinnen, Lara habe eine ausgesprochen bedrückende Kindheit gehabt, so ist das nicht gewollt, nicht wahr, nicht immer wahr. Es gab ausgesprochen schöne Glücksmomente, wenn zum Beispiel die Mutter es verstand, das Weihnachtsfest trotz größter Not zu einem Erlebnis höchster Freude werden zu lassen. Sie nähte Lara Puppen und deren Kleider aus allerkleinsten Resten. Sie buk herrliches Gebäck, machte aus Gries ein wunderbares Marzipan. Sie sang mit einer engelsgleichen Stimme christliche und heidnische Weihnachtslieder. Während Lara im Bett lag, aufgeregt lauschte und sich auf den Morgen freute, wusste sie doch, dass da wieder zwei Plätzchen neben ihrer Tasse lagen. Sie schaffte es sogar, einen Weihnachtsbaum zu schmücken und Kerzen brennen zu lassen. Wie nur bei all der Rationierung und ihrer Krankheit, allein mit vier Kindern? Lara war oft sehr glücklich, nie wirklich unbeschwert. Es war ihr nicht gegeben, sich einfach einzufügen in das Gesellschaftsspiel: wir haben zwar gerade Krieg, sind aber duldsam, still und froh, trotz täglicher Bekanntgabe der Toten, Vermissten, verwundeten Soldaten, Menschen und Städte. Für Führer und Vaterland. Die Bombennächte gruben sich tief in ihre Seele ein, ständige Angsträume bei Tag und Nacht machten sie empfindsam gegen Eingriffe in ihre Lebensumstände. Die Flucht aufs Land begriff sie nicht als Schutz ihres Lebens, sondern als Bedrohung. Die neue Wohnung war keine Zuflucht, sondern ein Angsthaus. Die neuen Verwandten blieben ihr fremd. Zum Glück aber war da die Idiotin Käthe, zärtlich, immer lächelnd und froh. Sie war das Trostkissen im Federbett der Ängste.

Die Familie hatte ihr die Rolle des kleinen Mädchens, dass man mit hübschen Kleidern, Spangen und Bändchen schmückte, zugewiesen. Lara aber wollte Hosen wie die Jungen haben, raufen, toben, auf Bäume klettern und bäuchlings Schlittenfahren. Sie musste das alles heimlich tun, mit Röcken. Lara wollte mitreden, man gab ihr keine Antwort, belächelte sie. Sie flüchtete in die Wiesen, Wälder, Auen und ihre Träume. Sie versuchte durch Krankheiten Aufmerksamkeit zu erlangen. Doch dieses Gebiet war schon durch den an Asthma erkrankten Bruder besetzt. In Lara machte sich das Gefühl breit, unerwünscht, im Wege, ja ungeliebt zu sein. Sie litt so sehr, dass man sie nun doch ernst nahm und ---- weg schickte zur Kur. Arme Lara.

Lara suchte immer wieder die Nähe, die Liebe der Mutter. Diese ließ die Annäherungsversuche zu und zog sie gleichzeitig ins Vertrauen. So erfuhr das Mädchen von den Eheschwierigkeiten der Eltern. Es gab heftigste Auseinandersetzungen zwischen den Eheleuten, Lara litt, war verwirrt. Sie liebte den Vater, suchte seine Anerkennung und Liebe, blieb jedoch bei allem auf der Strecke. So blieb ihr wieder nur die Zuflucht Wald. Sie sprach mit den Bäumen, meditierte, schrieb Gedichte.

Lara las viel, schwärmte für Albert Schweitzer, wollte so werden wie er, Ideale haben wie er. Sie zimmerte sich ein Menschenbild von allerhöchsten Ansprüchen zurecht und ließ es zum Maß aller Dinge werden, auch für sich. Sie wollte gut sein, friedfertig und anderen helfen. Ihr Temperament stand ihr allerdings oft im Wege, ließ sie scheitern und machte sie zornig.

Ihr größtes Problem aber blieben die unbeantworteten Fragen, die Ausflüchte der Erwachsenen, wenn Lara wissen wollte: „Was hast du gewusst und getan, als du von der Judenverfolgung erfahren hast?" Ausflüchte, fadenscheinige Rechtfertigungen ließ Lara nicht zu. Wer ihr so kam, wurde mit Ablehnung und Missachtung bestraft. Sie blieb allein mitten in einer Großfamilie.

Die erinnerte sich an sie, wenn es um die Verteilung der häuslichen Pflichten ging. Sie war das Mädchen und musste der Mutter zur Seite stehen. Lara forderte gerechte Verteilung, auch die Brüder sollten helfen. Ein Beispielbericht ist die Kurzgeschichte: „Die Kartoffelschälmaschine" (Anhang).

Wenn der Mensch in die Jahre kommt, fragt er sich, warum er dies oder jenes so oder so tat. Wenn erwachsene Kinder Unverständnis zeigen, wird die Nachfrage umso dringlicher.

Lara ist ein Ergebnis von Zeitumständen, Veranlagung, Erziehung. Sie hat gehadert, gezürnt, geliebt, gefragt, geträumt. Gehadert hat sie mit den Zeitumständen, Krieg, Verbannung aufs Land, Rückkehr in die Heimat. Gezürnt hat sie mit den Allmächtigen, dem Führer, den Eltern, den älteren Brüdern. Geliebt hat sie die Eltern, die Brüder, ihr geträumtes Leben, Gerd und Paul, ihn im Besonderen, er hat sie angenommen, ihn liebt sie noch immer. Gefragt hat sie ständig, Antworten bekam sie fast nie. Geträumt hat sie vom Einklang mit der Natur, vom schönen Leben, von Frieden und Veränderung zum Guten. Sie träumt noch immer, dabei versinkt sie in ihre Geisterwelt, freut sich an Farben und Tönen, die auf Engelsflügeln von dort kommen. Sie fragt nicht mehr, die Antworten gibt sie sich längst selbst. Hadern und zürnen hat sie im Laufe ihres reichen Lebens verlernt.

Lara liebt, hört nie auf zu lieben, Paul, die Kinder, Enkel und wer liebt hadert, zürnt, fragt nicht.

Sie dankt Gott und allen guten Geistern.

Sie dankt dem Geliebten, er hat sie so treulich ausgehalten.

Anhang:

- Die Kartoffelschälmaschine

Als Anfang der Fünfzigerjahre in meiner Heimatstadt Hagen die erste Haushaltswarenmesse nach dem Krieg statt fand, besuchten meine Eltern, die immer neugierig auf alles Neue waren, diese sehr erwartungsvoll. Wir Kinder konnten aus Kostengründen nicht mitgehen und warteten zu Hause gespannt auf die Rückkehr der beiden. Bei ihrer Ankunft bestürmten wir sie mit tausenderlei Fragen und erhielten nur eine einzige Antwort vom Vater: „Ich habe eine Kartoffelschälmaschine gekauft, damit die Mutter bald gar nichts mehr zu tun hat." Außerdem sei das Ding sauteuer und wir müssten jetzt umso mehr Kartoffeln essen. Meine Mutter sagte mir, dem einzigen Mädchen unter drei Brüdern, dass es Papa schon auf dem Heimweg gereut hätte, dieses „Schissding" gekauft zu haben. Ich war für meine Mutter schon früh so eine Vertrauens - Beicht - Freundin wie es für Frauen damals üblich war, die nur auf die Familie fixiert waren.

Als nun das Paket mit der Kartoffelschälmaschine eintraf, blieb es so lange ungeöffnet bis der Vater vom Dienst kam. Er war Lokführer bei der Bundesbahn. Wir schlichen alle um das Paket herum und selbst als mein Vater erschien dauerte es noch unendlich lange, bis das Wunderwerk ausgepackt auf dem Küchentisch stand; denn Vater musste erst essen und sich erholen! Nun wurden die bereitgelegten und gewaschenen Kartoffeln eingespannt zwischen zwei spitzen Haltern die mit kleinen Stahlfedern fixiert waren. An einer Seite war eine Kurbel und wenn man diese betätigte, führte man ein Messerchen über die Kartoffel und diese verlor ihre äußere Hülle. Aber nur bis zu einer gewissen Tiefe! Augen und Dellen blieben erhalten! So musste man jede Kartoffel nachschälen. Meine Mutter beeilte sich zu versichern, dass dies überhaupt kein Problem sei. Meine Brüder nickten eifrig, denn sie taten in der Küche ja ohnehin nichts. Sie waren ja Jungen! Mein Vater war hellsichtig genug, das Dilemma gleich zu erkennen und sagte ärgerlich: „Man sollte meinen, die hätten da nur glatt gewachsene Kartoffeln und noch nie so krumm und buckelige gesehen. Alles Betrüger! Aber du wolltest sie ja haben! Nun seh zu, wie du damit zurecht kommst." Er schob sie über den Tisch auf meine Mutter zu und diese wagte den kleinen Einwand: „Du hast sie mir doch zum Hochzeitstag geschenkt." Hilfe suchend sah sie mich an und ich beruhigte sie damit, dass ich ihr helfen würde. Mein jüngster Bruder rief noch im Hinausgehen: „Musst du ja sowieso, bist ja ein Mädchen."

Zum Abendbrot gab es eine Riesenpfanne Bratkartoffeln von rohen Kartoffeln. Die ganze Familie aß diese gerne und kriegte kaum genug. Doch ich hatte eifrig geschält und nachgepult. Meiner Mutter taten von der Dreherei schon bald die von Rheuma geplagten Hände weh, sodass ich auch diese Arbeit mit übernommen hatte. Mir wurde bald klar, als weibliches Geschöpf hatte ich den schlechteren Part im Leben erhalten. Auch in den nächsten Tagen und Wochen gab es immer wieder Kartoffelgerichte. Ich half, so oft ich konnte, doch nie ohne Protest mit dem Hinweis, meine Brüder könnten doch auch helfen. Mein Vater sagte nur: „Du bist die Däne." Er sprach Westfalen-Platt und Däne ist so was ähnliches wie Dirn oder Dirndel. Einmal fragte ich meine Mutter, ob es üblich sei, dass man sein Geschenk zum Hochzeitstag abarbeiten müsse und sie sagte: „Bei uns schon. Doch bald stell ich das Ding in den Schrank und sag, es ist kaputt." So tat sie es. Als aber mein Vater dies merkte befahl er, es wieder zu benützen. Da weigerte sich meine Mutter und sagte aus tiefster Überzeugung: „So was können nur Männer für Frauen erfinden." Meine Eltern sprachen eine Zeit lang nicht miteinander, das heißt, mein Vater sprach nicht. Meine Mutter litt unsäglich, doch bei meinem Vater biss sie auf Granit. Er war der Überzeugung, dass erstens meine Mutter mit dem Geschenk einverstanden gewesen sei und zweitens die Kartoffelschälmaschine eine gute Errungenschaft moderner Technik wäre, immerhin erziehe sie zur gemeinsamen Arbeit. Natürlich zwischen Mutter und Tochter. So äußerte er sich meinen Brüdern gegenüber, immer so laut, dass meine Mutter es hörte.

Eine Nachbarin kam eines Tages um sich Eier zu leihen und betrat die Küche. Sie fing laut an zu lachen und schaute mir zu, als ich unser Wundermaschinchen bediente.

„Herrgottnochmal, seid ihr auch darauf hereingefallen?" Sie lachte weiter und meinte, sie hätte ihre gleich weiter verschenkt, als die ersten Versuche sich als Fehlleistung heraus stellten. Mutter fragte :"Haben sie vielleicht nicht lange genug geübt?" „Weiß ich nicht, jedenfalls wollte ich sie nicht mehr." Vater kam herein und nahm die Maschine vom Tisch." Sie sollten es noch einmal probieren, Frau Naschitzki, wir jedenfalls können es jetzt und wenn sie es dann auch können, geben sie sie weiter an die Nächste, die auch so fröhlich ist und so herzlich über andere lachen kann, wenn sie einen Fehlkauf machen." Frau Naschitzki war sprachlos und stellte die Kartoffelschälmaschine zurück. „Ne, ich will sie nicht." Sie nahm die Eier und verschwand sehr schnell. Genauso schnell verschwand die Kartoffelschälmaschine und keiner wusste wohin.

Mutter sagte nur zu mir: „Siehst du Kind so ist das mit den Männern. Erst wenn Fremde kommen und über ihre Leistung oder Entscheidung lachen, treffen sie einen neuen Entschluss. Irgendwie müssen sie immer erst in ihrer vermeintlichen Ehre gekränkt werden."

Ich schwor mir damals, nie einen Mann zu nehmen, der das nötig hätte. Doch ich muss gestehen, ganz ohne Tricks kam ich bisher auch nicht immer aus.